U0033314

新世紀叢書｜當代重要思潮｜人文心靈｜宗教｜社會文化關懷

給新世紀在十里洋場沉浮的各路好漢們

To the Happy Few

二〇〇四年我首次到上海，為了即將提交的論文終章，每日埋首上海圖書館做研究，瀏覽四〇年代的報章雜誌。那是張愛玲意氣風發之時，《傳奇》初版問世，書封如作者屬意，夜藍天幕裡透出朦朧的月光，每本封底都有她親手蓋上的私章。我翻開手中這本，封底的印鮮麗如同昨日，邊緣稍微糊了，隔頁拓了些許朱紅；可以感覺到愛玲仔細壓印之後，瞧見印泥太溼，皺了皺眉稍待片刻，再輕輕闔起，她的呼吸還留在薄紙上。

張愛玲書寫的那個老上海已經死了，幽魂還在這個城市漂蕩。在這裡我遇見的外地人比本地人多，全心迎向世博的上海風風火火地建設，像是沒有上限地吸引巨額資金與人力，而那些遺憾自己沒有早一點進場卡位的，莫不急切地湧入，想趕在太遲之前。

——見〈後記〉P.224

上海烈男傳：Martyrs of Shanghai

【目錄】本書總頁數共232頁

第一章

台灣小開

和平飯店
恆隆廣場
波特曼麗池酒店
黃河路
虹梅路

和平飯店

八點半，雨勢一點也沒有減弱的意思。疾行的車在中山東一路來回穿梭，濺起漫天高的水霧，籠住外灘數百年如一日資本主義的銅牆鐵壁。通明的燈火黯了下去，瞬時柔和幾分，又亮了起來，煙霧裡閃閃爍爍地掙扎。

和平飯店的塔尖在雨中淒迷著，幽靈般瑩著綠光。面對中山路那扇門半隱在時代的石階下，鐵鍊深鎖。南京路入口夾在衣香鬢影的精品店之間，右邊櫥窗一席灰紫色的毛皮，扣住一只鬱鬱的金綠甲蟲；左側有隻豔紅蝴蝶貼著漆黑的絲緞飛，試穿新旗袍的女客身影，鎖進一大面更衣鏡，也隱約掩映上窗玻璃，鬼影一般。

和平飯店的榮光存在於過去。當年縱橫十里洋場的風華，還纏繞在裝飾藝術拱出的華麗廳堂裡，英人沙遜（Victor Sassoon）周旋於貴客之間，資本家豪宅有過的笑語脂香，在旋轉門一開一闔掀起的風中，彷若依稀可聞；如今出入於此的賓客，多有短褲T恤之流。三〇年代絢麗的燈，在二十一世紀裡顯得有些落寞，黃粱一夢繁華不再，不變的，是客人多半生著白種人的面孔，而在旁邊伺候的，總是黃皮膚的。

穿過昏黃的長廊，掠過電梯間藻井鑲金獵犬下那幅極不搭配的「錦繡山河」水墨，長廊盡頭那團粗鄙塑膠花拱住的蒙塵女神雕像前拐個彎，就是飯店極富盛名的「老年爵士酒吧」。若是從三〇年代演奏至今的樂師，現在也有「百齡」了，正符合店裡招牌的「百齡譚」（Ballantine's）威士忌之名，但聚集在此的是一批五十歲上下的樂師，說老年還算不上，年紀不上不下，音樂造詣也是如此。酒吧在傍晚就逐漸湧入慕名而來的觀光客，粗獷的鐵燈木桌前坐定，觥籌交錯，談笑風生。半晌，斑白頭髮的樂師們魚貫入座，慢條斯理地調著音。不成調的提琴、破了音的鋼琴迸出若干難以置信的雜音，讓幾雙敏感的耳朵豎了起來。就是這樣，才需要調音吧，寬容的心這麼想著。看來準備就緒了，這支「老年爵士」樂隊在一個眼神暗示下，不一致地轟出樂曲第一聲，這下可好，顯然荒腔走調並非全然為年老失修的樂器之過。吧台那德州牛仔打扮的中年男子，本來與調酒師談得正好，一聽到演奏，臉兒馬上漲得通紅，一口氣乾了啤酒，丟下小費，帶著女伴揚長而去。座上多少也揚起幾雙緊皺的眉，大部分的人則兀自喧譁，罔若未聞。

又一輛疾馳的出租車沿中山路而上，駛過和平飯店那個轉角，後座的男人抗議了，「欸，師傅，我不是說到和平飯店嗎？怎麼開過頭了，想繞路也不是這樣唄？」

駕駛不慌不忙地，「先生，這裡不能拐彎，我得到前面橋下調頭。」

「哦，是嗎？」

車子終於在飯店門口停下，男子卻沒有下車的意思：「靠近一點，下這麼大的雨，你要我怎麼過去？」

「先生，你瞧前面停滿了車，根本過不去呀！」

「恆瑞，他們撐傘過來了，我們走吧。」車裡的女子說著。

男子先下了車，接過傘揮手要飯店接待員退下，殷勤地對著車內：「小霜，來，我幫你撐著。」

男子在門口把雨傘交給淋得溼透的接待員，高傲地塞了一張鈔票給對方。

服務員領著兩人走進老年爵士酒吧，正待坐定，他問，「不是要你幫我們留個好位子？怎麼還是在這邊角？」

「先生，這位子不錯，看得夠清楚，很多人都很喜歡的。」

「這麼偏，要我扭著脖子看不成？中間那兒不是有位子？去去去，我們坐那裡。」

「那兒有人訂位了。」

他掏出錢包，「就算我訂的。」

服務員收下鈔票，帶他們過去，把桌上 Reserved 的牌子順手收掉。

郭恆瑞一坐下，馬上又火燒屁股地起身，「來，小霜，這位子給你，正好面對樂隊。」

葉小霜抬眼看著男人，嫵媚地一笑。郭恆瑞的黑皮鞋沾上些雨漬，仍雪亮亮地刺著眼；鐵灰長褲上愛馬仕（Hermès）皮帶閃著誇大的金色H字，這H還沒有陷在鬆軟的肉陣裡，足見佩戴的男人雖然天天大魚大肉，身材保持得還不算差；小霜的眼飄到他暗紅的皮爾卡登襯衫，欣賞它在昏暗的燈下顯現的細緻條紋。郭恆瑞回應她的目光露出自得的微笑，但小霜知道他其實很緊張，從進來坐定到現在，他的手不住撫弄桌上塞得滿滿的LV皮夾，彷彿在研究這名牌花樣紋路的邏輯。

小霜的手機響了，恆瑞望著她滿面是笑，低低地不知說了些什麼，心裡有些不自在。他自己做服裝這一行，一眼就看出這上海女孩全身上下都是便宜貨，緊身的廉價桃色綢衫，凸顯出不很豐滿的胸線，低腰的牛仔褲露出半截細腰，在她俯仰之際有條鏈子微微晃動，撩得他心裡癢癢的。她手上那個皮包顯然是襄陽市場的名牌仿冒品，身上最值錢的，就是那支紅色的手機，響聲真是銀鈴般悅耳，機身也五顏六色地閃個桃花不斷，看她接電話的聲音一個比一個嬌俏，教他心裡一陣比一陣不是滋味。

「喝什麼？」服務員過來問。

恆瑞點了威士忌，見小霜仍含笑說個沒完，皺皺眉，「給她杯果汁吧！」

小霜掛了電話，笑意從話機輾轉到他身上，春風般輕拂一顆浮躁的心：「哎呀，你點好了？朋友來電說在K歌房，一直要我過去，我說就不了，我才吃過飯，在和平飯店聽爵士呢。」

「我幫你叫了果汁，還是要喝酒？」恆瑞又揮手叫服務員，「喝什麼盡量叫。」他拍著鼓鼓的皮夾，揚起嘴角。

「不行，我不能喝的——」小霜噘起嘴撒著嬌，「一喝就醉了呀——！」

那個拖得長長的尾音倒是讓恆瑞未喝先醉，他把剛送上的烈酒送下一口，對等在一邊的服務員甩了個如馬龍白蘭度的頭，「拿點歌單來，我們要點歌！」

恆瑞灌下第二杯威士忌的時候，小霜欲笑不笑地，「喝這麼猛，明天怎麼上工？」

恆瑞拍拍胸脯，「放心好了，一切都很上軌道，我只是偶爾去巡視一下，看看他們有沒有偷懶。」他對小霜眨個眼，「又不是朝九晚五，早上不去也無所謂。」

小霜笑得甜甜的，「你真行，有你在這兒掌管大局，你爸爸在台灣很放心吧！」

「那是當然的，將來都是我的，我不照看些，行嗎？」恆瑞的手指撫過抽出好幾張大鈔後仍然飽滿的皮夾，對小霜微笑。

樂隊適時奏出恆瑞點的 Bee Gees 名曲 How Deep is Your Love，他於是半閉著眼睛，陶醉地搖頭晃腦哼哼唱唱，鋼琴手與貝斯手這時來了一個致命的南轅北轍，讓反應較快的薩克斯風想要搶救也來不及，而這恆瑞卻是渾然不覺地全然融入他的演出。他從眼瞼下偷偷瞄著小霜的反應，將語調放得更抒情，但小霜的手機竟不識相地響了，他於是咬著牙，看小霜把原來屬於他的吳儂軟語溫存給了別人。嘰哩咕嚕說著上海話的小霜讓他不舒服，因為完全無法得知她談話的內容，但同時又讓他有點放心，因為他想精刮上算的小霜不會要個薪水階級的上海男人，所以應該不是情人。

小霜掛了電話，一個難以捉摸的笑意，「喲，唱得真好，再來一首嗎？」

恆瑞得意地大手拍掌吆喝，深怕旁人沒聽到：「服務員，再拿點歌單來。」他再掏出兩張鈔票，一副不耐煩的樣子，「怎麼搞的，剛才點的兩首還沒聽到？」

小霜往後靠著椅背，兩手交叉在胸前，好整以暇地欣賞恆瑞在她眼前上演自我感覺良好的型男秀。手機再響，她對著機器講英語，低聲笑著，她知道這讓捕捉到隻字片語的恆瑞很不自在，而他果然在曲子未終就大聲拍手叫好，頭一挺，兩指一格，扭出個清脆的響聲，宛然一副好萊塢電影的架勢，又叫了杯威士忌。

她不是唯一的觀眾。暗處有幾雙眼瞪著恆瑞，或是不耐，或是百無聊賴，誰教他們就坐在台前，誰教他的動作特別多。亦有一雙仔細瞧了她，之後回望恆瑞，帶幾分同情，大約基於雄性本能，知道他過分地賣力是為了討女人歡心。鄰桌有兩人竟饒富興味地盯著他們，像是在看一齣好戲，還交頭接耳地討論，看得失神了，接觸到小霜的視線，那男的有點訕訕然，裝作若無其事地猛喝啤酒，女人不為所動地望過來，對著恆瑞的方向使了一個眼色，嘴角浮現一抹笑意。

小霜冷笑著端詳這不登對的男女，是誰看誰的好戲來著？她用手肘頂了頂恆瑞，「瞧，人家看你呢！別是對你有意思了。」

「我心裡只有你啊。」恆瑞乘機靠了過來，話裡已經帶了幾分酒氣。

樂隊恰恰奏起了《我的心裡只有你沒有他》，小霜機伶地閃出恆瑞的懷抱，再接起那來得正是時候的電話，她邊講手機邊覷著大陣仗跟唱的恆瑞，他本來愈唱愈小聲，沒趣了，瞧她對著他笑，又開始精神抖擻，手舞足蹈。

恆隆廣場

郭恆瑞把《傾城之戀》影碟餵進電腦光碟機，看著螢幕上吐出的上等調情影像。他盯著演范柳原的周潤發一顰一笑一個輕佻的眼神一個瀟灑的手勢，思索他郭恆瑞不是沒有同樣多金多情的范柳原那般風流倜儻顛倒眾女，為什麼連個沒有白流蘇身段的葉小霜也搞不定。

昨晚走出和平飯店，他藉著酒意摟住小霜肩頭，小霜嬌笑著，「叫你別喝那麼多的呀！」她招手叫車，「來，我送你。」

在車裡，恆瑞放膽把手貼上覬覦了一個晚上，小霜腰際光裸的肌膚；小霜咯咯笑，那笑聲尖細處像她妖嬈的腰鏈般扭著、磨著他手頭心口。他忘形地順勢把手滑進她股溝，不料她纖腰一扭，輕輕鬆鬆脫了身，還讓他閃了手指。

「到了，我在這兒下。」她以迅雷不及掩耳的速度下車關門，還不忘叮嚀師傅，「好好送他回去，再見！」

助理小劉走進辦公室，恆瑞伸指把他的《傾城之戀》關掉，扭到之處還隱隱作痛。

「總經理，剛才昆山工廠打電話來，說抽檢明天要上櫃出貨的成品，發現有問題，得麻煩您跑一趟，指示怎麼處理。」

「沒有我，什麼事都不會做了嗎？」恆瑞往後倒在他黑皮椅裡，「是日本人要的那批貨，是不是？知道他們挑剔，為什麼不小心點？」

「是，對不起。」小劉低著頭，「已經吩咐過，還是出了一點狀況。」他從手上的卷宗抽出一張，「有一件事，小魏要我來請示您，是關於我們要找的翻譯和外銷業務，」恆瑞聽著點頭，「有個法國人把履歷寄過來，不曉得要怎麼處理。」

「法國人？」恆瑞眼睛睜大，接過了端詳著。他很快把它丟在一旁，兩腳伸上辦公桌，那烏亮的鞋正落在洋人的履歷上，「他以為我們要花大把銀子找行銷經理？連他屁股後面那一票上海女朋友一起供養？」

「那麼發一封拒絕信嗎？」小劉小心翼翼地問。

「其他來應徵的人呢？有沒有合格的？」

小劉搖頭，「都很普通。」

「再找，」恆瑞從鼻孔裡哼出一聲，「花這個錢不是找些光拉屎不做事的。這個法國佬不要理他，真打電話來問，就告訴他資格條件不符合我們的需求。」他把腳下那張履歷還給小劉，「存個檔吧。」

出了總經理辦公室，小劉把履歷上那一小塊鞋印擦了擦，還是留下點淡灰的漬痕。

法比揚·杜恩的眼睛淺綠裡蒙著點灰影，頂上架的那雙濃眉，像是翠湖岸夏意濃烈的垂楊，讓人搞不清是湖上煙波，還是垂楊樹影交織出這一片迷濛。他豐茂的棕髮大波浪捲著，覆住半個白得不近血色的額頭；高扁鼻翼上微微的汗珠在冷氣房中輕輕揮發著，雙頰浮出的蘋果紅暈也漸漸淡去。比起他的濃眉大眼，那雙唇簡直輕、薄得不近人情，卻依然形色俱佳。

郭恆瑞戴上一副平光眼鏡，作勢專注於早已瀏覽過的履歷，斜眼裡偷偷打量坐在他對面的這個法國人。他不喜歡這張臉蛋，討厭那比他還高上一截的長腿。像很多女人一樣，他也有太漂亮的男人靠不住的偏見。

「杜恩先生，」半晌他開口了，「之前你在David & Hervé工作？」

「是的，D & H在業界頗有名聲，相信您也有所聞。」法比揚的英語很流利，典型的法式口音。

「我跟你們老闆吃過飯，好像是……羅倫佐先生？」

「不是的，是羅倫斯，羅倫斯·慕何先生。」

「差不多嘛，」恆瑞揚起眉毛，「上海生意不好做啊，這麼大一個公司，還不是撤回法國去了？」

「我對中國市場還是很有信心的，郭先生，」法比揚擠出一個微笑，「我相信我在服裝界多年對時尚、對布料的專長，於貴公司必然大有助益。」

「我們這小廟可供不起大佛，」恆瑞打著哈哈，「杜恩先生，敝公司小本經營，跟你們跨國大品牌不能相比，我們實實在在，薄利多銷，恐怕不是您熟悉的運作方式。」

「郭先生，只說小本經營也太過謙虛了。當紅設計師 Jojo Li 和 Emily Wu 都是找你們代工，日本的 Rikayama 也是你們在做，不是嗎？」法比揚讓對方知道他是做了一番準備才來面試的，「我估計我在你們公司的話，可以再搭上法國這條線，另外我跟美國那邊的客戶也熟，一定能拓展更廣大的國際市場，為公司建立更全球化的形象，提升產值……」

法比揚滔滔不絕地勾勒出跨國企業暴利的美景，恆瑞把履歷放下，平光眼鏡摘在一旁。他再怎麼不喜歡這法國人，也絕不跟錢過不去。扣掉虛無縹緲的部分，興趣還是有的，但不認為法國佬值得這個價錢。

「杜恩先生，我對您的能力很有信心，也真的希望有這個機會跟您合作。」恆瑞看著對方，法比揚眼底有著掩飾也徒然的自負和優越感，教恆瑞不想削他銳氣也難，「但是恐怕您在我們這裡是委屈了。」

「您不用擔心，以我能為您提供的多元服務而言，我要的真的不多。」法比揚再微笑，「三萬塊人民幣就足夠，您知道在上海的外國主管隨隨便便都不止這個價錢的。」

「但是我沒有意思雇用一個外國主管。」恆瑞說得夠乾脆。

「是的，我曉得，」恆瑞看出法比揚掙扎著，陪了個笑，「為了表示我的誠意，我已經自動降了價，在D＆H我是拿五萬塊的。」

「非常感謝，杜恩先生，」恆瑞搖著頭，「但這還是超過我的預算。老實說吧，我只想找個外文系畢業生，不需太多經驗、跑跑業務的，您對我們來說是超格了，請不起。」

法比揚眼裡的陰影加深，「能告訴我您的預算是多少嗎？」

恆瑞伸出五個手指，「最多五千塊，您知道有些人不要五千塊就肯幹的。」

法比揚腮下的鬍碴直鐵青上臉，沉默了片刻，吸一口氣，沉緩而明晰地吐了出來，「我不能接受低於兩萬的薪資。」

法比揚走了以後，恆瑞點了根菸，大口吐出一個個粗劣的煙圈，鬱積的性慾得到相當紓緩，多少舒暢了些。這不請自來的洋鬼子不消多久就會明白，沒有他跨國公司的靠山，他在上海什麼都不是。外國公司走了他還妄想著外國薪水？不跟他那赤字連連的公司滾回法國去，山窮水盡了就乖乖任人宰割吧；給五千塊還是厚道，本地人他兩三千以內就要打發的。他想著慣常圍繞在這種人身邊貌美窈窕的上海姑娘們，想著他奮勇一擊所打垮的深目高鼻，就洋洋得意；近代中國被列強瓜分的苦難、台灣百年的殖民血淚，彷彿都銷融於一瞬間。

他使勁吐出個煙圈，微醺地，把玩手上那玉扳指，伸指捅去，「Fuck you——」這急動提醒了他未痊癒手指的舊痛，抽搐著，「Fuck you!」

踏進恆隆廣場，中庭的鋼琴師指下靡靡的樂音，迷失在咖啡座昇華的香霧中，盤旋的電扶梯在起落中銀光一閃一閃，如旗袍開衩處掀出一線一線的春光。Cartier 的豹眼在輝煌的金碧絨毯裡閃爍，Gucci 這季性感的絲衫櫥窗裡展著蟬翼，櫻桃櫻花飄上 LV 的皮包，給百年老店增添一分東洋卡漫的趣味，少了京都千年櫻落如雪的優雅；在另外一頭，Tiffany 和 Bulgari 精銳盡出，珠玉寶鑽隔著華貴的雙重玻璃廝殺個沒完；銜著銀湯匙出世的小公主小王子們在這裡添雙名牌小鞋小襪，無所事事的貴夫人做個頭髮修個指甲，就是薪水階級一個月的工資。恆隆廣場三角錐的建築，像個碩大的甜筒，霸氣地壓碎身後無數矮小陰暗的平房，豔陽光束從天窗長驅直入，融化冰淇淋般流淌而下，見證了共產制度下能開出這樣資本主義的奇花，培養出西方世界也嘆之弗如的極端階級制。

底樓咖啡座一如往常一位難求，恆瑞擠過門口翻著雜誌候位的人潮，來到吧台前，「欸，小李，」他喚著端飲料而過的女服務員，「給我來杯咖啡吧！」

「小郭先生——」她嘸著嘴，「看到了嗎，要排隊的呀！」

「去去去，說得跟真的一樣，」他在她拎著空盤子回來時拍了她臀部，得到對方一個白眼，「下次請你吃飯，哪？」

三樓設有旗艦店的本地設計師，是恆瑞的客戶，所以他很清楚這些服飾成本和售價間差價之大；JoJo Li 的價格比那些進口精品稍低，但也絕對不是一般小老百姓的消費水準，那華麗詭異的色調和異國情趣，更擺明了針對的是對東方有些憧憬而不甚了解的西方人。

「喲，小郭先生，」一個店員迎了過來，「找小霜嗎？她今天休假呢！」

「小郭先生——」又一個輕嗔，「每次都找小霜，我們哪裡比不上她？」

「誰說找小霜來著兒？」恆瑞刻意捲著舌頭講普通話，「我是～特地來看你們的呀！」

「真的？哄哄我們罷了！」

「這麼大面穿衣鏡你自己照照，一臉言不由衷。」

「真的真的，等會兒下班了一塊兒吃飯去，」恆瑞拍拍胸脯，「全都來，我請客！」

旁邊有人飛快打簡訊，他裝作沒看到。那沒來上班的小霜跟一票不相干的人，待會兒都會出現，他知道。這些大陸人從不放過削凱子的機會，買單的不是自己，愈加熱烈地呼朋引伴。

誰是凱子等著瞧吧，他暗自冷笑，午餐晚餐都一樣，天下沒有讓人白吃的飯，在上海這個巨大利益匯集角逐的城市，尤其如是。

波特曼麗池酒店

恆瑞穿過僕從如雲的入口門廊，走進波特曼麗池酒店大廳。倚著琵琶胡琴古箏、長髮垂肩旗袍攬身的樂師們姍姍而來，正此起彼落地調著音；咖啡座上疏疏落落，他一眼就看到母親渾圓臂膀上金鐲子刺眼的光，金鐲子招搖著，指向纖瘦的長髮女子身旁那個位子。

「恆瑞，你看看現在都幾點了，」母親繃著的臉勉強擠出一絲笑紋，「這是李小姐李瑞琴，長發李董事長的千金。」

「嗨，你好，幸會幸會，」恆瑞滿臉是笑，「哈哈，真巧，我們名字裡都有個瑞字。」

女子低低地不知說了什麼，恆瑞沒聽清楚，也懶得去問。「今天去哪兒逛？有收穫嗎？」他看著兩人腳邊的購物袋，「哎，我真是白問了，買了什麼？」

「我們到茂名南路去，我訂做一件旗袍，下禮拜去拿，李小姐是一穿就合身，當場就買了。」

「可以看看嗎？」

女子靦腆著，打開裝了衣服的硬紙盒，露出不情願地挺著脖子又縮得剩半截的黑綢。

恆瑞伸手攤開，瞧著是件齊膝的改良式旗袍，黑緞上罩著紗網、釘上亮彩的銀珠，細細地勾勒出一根根魅惑舒展開的孔雀羽紋路，左襟上沿著滾邊鑲了一排真實的雀羽，一隻隻藍綠色的眼，張揚地瞪住覬覦者，這麼煙視媚行地一路蜿蜒到底，裙襬赫然裁出一朵朵祥雲，呼應著雀羽的弧度。倒真是好一件霓裳羽衣。

「唔，不錯，不錯，」恆瑞不住撫著旗袍面子，心想紗網的確是個好主意，看來有點神祕，裡面的緞子也省一點，反正這樣遮遮掩掩看不清楚，不需要用太好的絲；就是釘珠子費點兒工，人家也不知去哪兒找的，手工這樣扎實，不像廠裡那幾個女工，一上工儘在那兒吱吱喳喳聊個沒完，要她們當心還是老把亮片縫歪。「好眼光，穿在你身上一定很好看。」

「可不是？」母親得意地，「李小姐還猶豫，說珠子太亮孔雀毛太顯眼，是我一直鼓勵她才買的。」

恆瑞很清楚這旗袍略寬的圓身剪裁，的確能讓眼前這瘦直的身子看來較不乾扁，但他很難想像這張平板沒有多少風情的臉孔，如何撐起孔雀羽那一點都不含蓄的誘惑。如果是小霜的話……

「買得好，」他陪著笑，「多少錢買的？」

「四千塊。」這是恆瑞第一回聽清楚女子的聲音，「真不比台灣便宜。」

「四千塊？」恆瑞提高嗓門，端著咖啡來的服務員一愣，強穩住杯子，背景裡正琴瑟和諧的樂坊女子們，也險些差池了管弦，「簡直是土匪，根本沒有多少本錢。」

「怎麼這麼說！」母親瞪著他，「我們又不是去路邊攤，設計師的店本來就比較貴。」

「他們專門賣像你們這樣的貴婦，價錢問都不問就買的，」他熟練地把衣服摺起來，「本地人才不會去。李小姐，」他把旗袍收起來，同購物袋一起還給對方，「下次買東西我陪你去，這邊我都熟，教他們不敢隨便敲你竹槓。」

「哼，說得好聽，看你今天遲到多久，好意思讓人家等？」母親放下咖啡杯，「不肖子，什麼時候聽說過你幫你老娘省錢？」

恆瑞見女子訕訕地低著頭啜她的咖啡，對她笑笑，「李小姐，這邊也有不少店，有沒有去逛逛？」女子搖頭，「要不要去逛 Gucci？他們好像開始打折了。」

「這邊名牌都碰不得，」對方再搖頭，「進口稅就百分之四十，怎麼打折還是比台灣貴。」

「但是這家店不一樣，上海旗艦店，有兩層樓呢，大得很，有些東西是台灣店裡沒有的。上海就是這樣，這點好，台灣太小了。」

女子的身影消失在電動轉門後，郭母視線再回到兒子身上，「怎麼？不喜歡？」

恆瑞整個人舒服地癱進沙發裡，「還真是知子莫若母。」

「人家有什麼不好？」

「人家有什麼好？」他反問。

「她老爹在東莞的廠雇了好幾千員工，現在電子業不好做，人家就有辦法，錢照賺。」母親停了一下，「嫌人家不夠漂亮？你看她個性多好，這麼乖巧，將來都不用你頭痛。而且，」她低聲，「瞧瞧，那樣的家世，這樣節儉真不得了！這種老婆好，給你帶錢進門又不會亂花。」

恆瑞懶洋洋地，「沒胸部沒屁股就算了，你可不可以找個至少有點肉的？」

「上次那個你嫌太肥，現在又嫌人家瘦。你怎麼這麼麻煩？」

「我跟你說不用你擔心，我自己不會找嗎？巴巴地從台灣找來相親，你就不嫌麻煩？」

「你不要給我找個大陸妹，」母親屈身向前，盯著他，「我告訴你，玩玩是一回事，你不要傻到找個人幫忙花我們家的錢。」

「知道啦，知道啦。」

「知道？還不是你老爹的好兒子？」母親瞪他一眼，「西安房地產那檔事，父子串通好了把我蒙在鼓裡，像話嗎？虧我疼你！」

「下次老爸再包二奶，我一定先給你通風報信，好不好？」

「還有下次？」母親手上那杯咖啡震了一震，滴溜溜地淋到裙子上，旁邊的服務員馬上機靈地獻上手巾，倒了一杯水，「趕緊擦一擦，您待會兒比較容易處理。」

郭母搖頭，「算了，也洗不掉，反正不要了。」

「舊的不去，新的不來。」恆瑞一旁陪著笑。

「你見過那女人沒有？」等服務員走開，母親低聲地問。

恆瑞搖頭，「我趕到西安去，連人帶房子都不見了。隔壁棟的太太還說呢，從沒看過手腳這麼快的，三兩下房子賣了，東西搬空了，人也不見影子。她說當時就知道有鬼，就是那女人養的小哈巴狗丟了沒帶走，整天在門口唉唉叫，怪可憐的。」

「當時你爸說要去西安投資房地產，我就知道有問題。」母親哼了一聲。

「真的是要去投資，那女人說她地頭熟，現在房價起飛，不賺要等什麼時候，」恆瑞聳聳肩，「隔壁的婆婆發誓，說她跟一個年輕男人連夜跑了。大概就是她說的那個地產大亨。」

「所以你爸這個老不修，也栽在小白臉手上，背著我偷吃，結果還不是吃人家剩下的。」母親冷冷地，繃緊的眼角唇際凍裂了，一條條細小的笑紋開著口。「怪不得他死也不肯認帳。」

「你就饒了他吧，他一定學乖了。」恆瑞眼珠子轉動著，「啊，李小姐，這麼快就回來了，沒看到喜歡的？」

恆瑞母子三人出了波特曼，走進一家時興上海餐廳，「李小姐，來這裡一定要試試上海菜，手工很細，現在台灣都做不出來的。」服務員幫他拉開椅子坐下，他環視一周，「你瞧，伺候我們的人比用餐的還要多，你要是到廚房啊，看那一大堆人在忙，就知道人家為什麼做得出這種手工菜。」他喝了口茶，「中國大陸什麼沒有，就人特別多，也便宜。」

「先生小姐晚上好，」滿臉笑容帶著輕微廣東腔的普通話，「可以點菜了嗎？」

恆瑞側著頭正想交代，一眼看到對面天藍縐紗下一抹白嫩的胸脯，心裡一動，視線再也移不開。女人的臉蛋半隱在柱子的陰影下，桌上那盞宮燈，正巧點亮她大方裸露在低領口大圓弧上半個乳房，細緞帶鬆鬆綁住的藍蝴蝶結頂著乳溝，教人真恨不得把它給拆了。他注意到女人把交握的手擱在桌上，兩隻手肘緊緊夾著胸前，不覺會意一笑；這女子不是真的那麼豐滿，但她倒懂得怎麼製造出錯覺。他看著那模糊籠在燈影裡的面孔，微微傾著，專注地聽著對面那西裝筆挺的洋人高談闊論，心裡有些了然，一絲鄙夷的笑開始爬上嘴角。

當他聽到女人清脆的笑聲，卻再也笑不出來了。

郭母疑惑地看著兒子，只見他心不在焉地點著頭，對於那香港領班把一道道最貴的菜餚忙不迭地推薦上來，竟半點意見也沒有地任人宰割。

恆瑞躺在昏暗中，頭上腳下各一個女按摩師，捏得他不亦樂乎，「好，好，再重點，喲，怎麼，手軟了？哎呀呀呀，」他腿一伸，冷不防把捧著熱毛巾的小姐踢個正著，要不是後面那個趕緊扶著，肯定摔得不輕：「這麼燙，要把我煮熟了？」

「小郭先生，人家新來的，多包涵些，嘴巴說說就好了嘍，瞧，被你嚇的，還在那兒抖個不停呢？」捏著他肩胛的小姐婉言勸著。

「真是新來的，」恆瑞哼了一聲，「燙不燙也不先問，不管三七二十一就全攤在我腳上，怎麼禁得住啊？」

「說得是，」恆瑞感覺那雙溫軟的手從頸柱一路下去，要他不全身酥麻也難，「下次一定要她改進。不過別看她新手，我們這裡面就她按腳底可以左右開弓，一手一個，特行的。」

「從哪兒來的，小姑娘兒？」恆瑞刻意地在語尾捲了舌，自覺南方土氣一掃而空，還挺有幾分京片子味道，也得意了起來，「口音兒聽起來不像本地人。」

「四川，我老家在成都。」

「喲，小郭先生，上海人誰到這兒伺候您啊？」後面那女子笑了，「上海發了，上海人做寓公、搞小資、到外商公司，這種辛苦錢，只有我們外地人才肯來賺。」

恆瑞想到租給他公司辦公室的上海房東，上個月收租的時候，已經在咕噥這層樓也有別人中意，而且出手又大方；恆瑞咬著牙笑道好說好說，一起吃頓飯吧，對方回答排不出時間，跟那些一擲就是千萬現金、上億手筆的大總裁們約好了。

恆瑞皺著眉，下個月續約，八成要漲房租了。「該死！」他喃喃自語著。「您說什麼？」幫他按著腳底的女孩問了。

「四川女人好，」他回過神來，「尤其成都姑娘，和中國熊貓一樣是寶。」他半瞇著眼斜瞄眼前的女子，「你們一個四川，一個湖南，做菜都辣，可不都是辣妹嘛！」

「什麼辣妹，小郭先生？」

「聽不懂？真是鄉下來的，」恆瑞聳聳眉，「這我們台灣的流行話，叫漂亮女孩子辣妹，尤其那些穿得少的，一看就讓男人火燒上身，」他哈哈地笑，「就像川菜湘菜，麻辣火鍋！」

「先生從台灣來？」按摩腳底的女子把乳液勻在他腿上，「台灣很先進吧！聽說台北發展得很？」

「那當然，」恆瑞舒舒服服地，「差不多比這邊進步二、三十年吧，你們內地那種落後的樣子，在台灣早就看不到了，只有年紀大的人，可能還記得以前台灣農業社會的樣子；可是現在台灣農村也很發達，你看農民多舒服啊，種出來一個芒果、一個釋迦要好幾百塊，賣到這邊，上海人搶著買，我們自己反而都吃不到。」

「上次台灣水果推廣會我也去了，真好吃哪，」幫隔壁客人按摩的女子插嘴道，「都說台灣人會種，咱們海南島一樣條件，怎麼就沒台灣好。」

「不只台灣水果，紡織、電子台灣技術都很進步，電腦王國，」恆瑞側過身子，「跟這邊不一樣的。」

「可不是？你們台灣老闆賺了錢，來我們這兒投資。」

「我們這裡台灣人很多，有時候一整個房間都是，講你們家鄉話，我們聽都聽不懂。」女子擰著他大腿，「台灣人特喜歡按摩，有人天天都來。」

「當然來，」恆瑞嘻皮笑臉地，「有這樣的辣妹子能不來嗎？哎，真舒服，」他幾乎是誇張地吐出一大口氣，「姑娘們，台商賺錢操勞，放了工能不來你們這裡消除消除疲勞嗎？」

「我妹子上回去台北，她說也不過如此嘛，」在旁邊一直不吭聲的小霜驀地開口了，輕輕軟軟地似是無意，卻字字打在心上，「也不比上海進步多少，地方又小，不用幾年就落在上海後頭啦。」

儘管有他的四川妹湖南妹在身上使勁，恆瑞筋肉還是繃緊了。

他眼角餘光瞥見按摩師把重重疊疊在小霜背上的熱毛巾，一塊塊卸下來，上了油的掌心劃過光裸的背脊，昏暗裡的女體線條扭曲著，在每一個推敲拿捏中一次次地修正，微光中泛著黃暈油彩的肌膚，隨著按摩師一上一下，牽動著他喉結也一上一下，又硬生生地把唾涎給嚥下去。

他想到這女孩心裡就惱。像油鍋裡嗶嗶剝剝響著的小泡泡，等著下鍋要炸的好料，偏是等不到、早已妄自心焦；想一腳把對方踢開，像隻穿舊了的鞋，問題是這鞋還未上腳。說未上腳，卻又這樣實實在在磨著他的腳。

他終於嚥下滿腔怨氣，抽空跑了趟襄陽市場，以他精細的眼挑了只以假亂真的Gucci手提包，套進母親那兒要來貨真價實的包裝盒提袋，倒真是一個虛虛實實的名牌好禮。

他想起販售的小姐拍著胸脯，跟他保證絕對是真皮實料的水貨，還猛地亮出個打火機，在皮包前虛晃兩下，「您瞧！焦了嗎？糊了嗎？一點痕跡都沒有，不是真皮是什麼！」

那塑膠皮上的手工縫線倒不差，但是那些金屬環釦，不消多久就會開始鬆脫，露出它假貨的本色。這就是小霜所值，他憤憤地，這狐媚著洋鬼子的騷貨，虧她在我面前還假正經！像這樣在市場裡算是A級的仿冒品，算是抬舉她了，今天要不是她也在一家裝模作樣的本土名牌店上班，多少還見過點世面，連這個錢都可以省下來的。

按摩師仔細著把小霜底褲往下微拉，雙掌推進盈然鼓起那兩座小丘。空中瀰漫著薰衣草精油的氣息，但恆瑞一點也感受不到它安定鎮靜的作用：他失去自制地盯著天藍內褲裡露出的半截臀，按摩師把陷在股溝間那條晶瑩如碧的小青繩挑開，折回褲腰打了個小巧的蝴蝶結，恰恰束出一條豐腴的弧線，看得他血脈賁張，餐廳裡那一對藍縐紗裡浮現的乳房，與這個影像完美地重疊。總是在他面前包得緊緊的小霜，卻在洋人面前放肆地裸露招搖，胳膊撐緊了，把鬆鬆地半掩在藍縐紗裡的乳房擠得鼓鼓的，乳頭脹在低圓弧的蕾絲邊緣呼之欲出。他想著洋人那雙泛著血絲的藍眼睛，毫不遮掩地盯住煞費苦心擠出的那條乳溝，往下、往下、再往下滑，再豪邁地一把撕爛那多餘的緞帶蕾絲、扯下那輕薄得遮不住什麼的底褲，看她豐茂濃黑的陰毛在期待中顫抖著；然後，像所有的色情片男主角，把自己的陽物驕矜地暴露出來，教女人情不自禁地匍匐在它面前，那嬌媚可人的櫻桃小嘴，早已迫不及待地把它吞了進去，半閉著眼，滿臉虔誠地吸吮著。

當然，恆瑞也同大多數色情片男觀眾一樣，有這個本事把男主角那偉物帶給他們的刺激迅速嚥下，那點微小的自卑瞬時拋在腦後，給無限漲大的性慾淹沒，於是他們個個都化身為那只神勇的性機器，把女人操得叫死叫活，然後再怒吼著，把乳白的液體四射在扭曲的面孔上。

他早就若無其事地把蓋在身上的毯子鬆鬆地披開，遮掩那不便處，但是最精采那個畫面靈光一閃，那隻早已不知不覺地潛進褲襠的手竟是一陣冰涼，心下一慌，想到還好換上按摩中心的袍子，蒙混著也就過去了，才當下釋然。

他翻個身蹣跚著趴下，還未安妥，新的幻象又不可告人地撒滿慾念的星空，排山倒海地壓下來，一次又一次把他煎熬著。今天，他在暗中嘶喊著，今天一定要到手！本錢都下了，怎麼可以沒有回收？

他終於在筋疲力盡中打起鼾來。

恆瑞滿心酣暢地醒來，擦擦嘴邊的餘涎。

「小姐呢？」他伸著懶腰。

「走了，小郭先生，」湖南妹回答，「她說你睡得這麼甜，就不要吵你，自個兒先走了。付現是吧？」

恆瑞走進上島咖啡時，七魂六魄丟得剩不了幾個。

事發之後，他馬上到黃河路按摩中心去興師問罪，問也是一問三不知：「不在吶，小郭先生，她是來代班的，不住這兒宿舍，我們也不知道她哪裡來哪裡去了。」

「不知道？」恆瑞額角的青筋像隻青蛇般盤起，紅著眼嘶嘶地吐著信子，「你不是還誇這小姐左右開弓，腳底按摩一級棒？根本不清楚人家的底細，你還這樣跟我誇口？」

「哎唷，小郭先生，我們昨天那四川妹子請假，找了個同鄉代班，我是看她按得不錯，客人都讚不絕口，才幫你推薦的嘍，你自己不也直說舒服舒服，還多給她小費嗎？」櫃檯那小姐同湖南妹子交換個眼色，「我們這兒講規矩，小郭先生，小姐們不隨便，不跟客人出場的，在裡頭出了事，我們絕對負責到底；在外面的事，就沒辦法了呀。」

「沒辦法？你們這兒的人，你說沒辦法？」恆瑞又急又氣，「那麼大一個人會失蹤，去哪兒了沒人知道？」

「小郭先生，我說過，根本不是我們的人，連她同鄉也不知她上哪兒了，我們已經教訓過她，看她還敢不敢叫來路不明的人來，您放心，不會有下次了。」

「下次？你講這話有何屁用？」恆瑞一個拳頭猛敲上桌子，熱辣辣地疼上來，「你不要跟我打馬虎眼，你們這兒出去的人，就是你們這裡負責任，我怎麼知道你們是不是串通好，一起來坑我的，你們都把台灣人當呆子啊？」

櫃檯前聚集的人愈來愈多，一雙雙眼骨碌骨碌打量著恆瑞，欲笑不笑地，「小郭先生，您熟客了，我們伺候都來不及，哪敢動歪腦筋？您想多了，出了這樣的事，真的是抱歉，可我們一點辦法也沒有的呀！」

「一點辦法也沒有，你們黑店啊！你以為我不敢叫公安嗎？」

「我們規規矩矩，純按摩不亂搞，公安都清楚的，小郭先生，」經理也出來了，看著恆瑞，意味深長地，「客人不按規定，要求服務之外的，我們能擔什麼保證？」他瞥過恆瑞，對後面的客人微笑，「您好，要做腳底還是全身？」

恆瑞癱在綿軟無骨的雅座上老半天，還是沒有辦法相信，他竟然一夜之間被人連要兩次，精液與銀子搾得一滴不剩，恍恍惚惚，像志怪異聞常見的那些貪小便宜的好色書生，古墓裡過了一夜，豔福享了，命卻也丟了一半。

按摩中心一覺醒來，知道小霜又擺了他一道，怒不可遏，當下抓著腳邊的四川妹不放，「走走走，出去吃宵夜吧！」

那女孩掙扎著，「不行啊，小郭先生，還沒下班哪。」

「去去去，你一個鐘頭能賺多少，我全包了，」他拉著對方就往外走，「陪你老爺吃點宵夜，我餓了！」

慾火中燒的恆瑞，等不得像是餓壞了的女孩好好吃完，就把她拉出快餐店，推進個便宜旅館裡。他把還在掙扎的女孩猛力壓倒在床上，掀起裙子，紅著眼就要扯內褲，「馬的，躲什麼躲，再買給你就是了，乖乖給你老爺捅一捅，算你走運。」

「不要，小郭……先生，」在他身下那張臉蛋通紅著，似是氣急敗壞地，「放了我，我……還是處女……」

語尾這兩個字讓恆瑞更興奮了，看過的色情片裡誘姦、強暴處子的虛擬實境重新載入他腦中，讓他無比自然順暢地模仿著所有粗暴不堪的動作。百年前洋人挾著船堅砲利打開了上海，把她從無邪的少女變成送往迎來的娼婦。那個盛況恆瑞是沒有趕上的，在世紀末重新興起的上海，所歷經的滄桑復合於一個處女膜整形手術，那造作出來的誘人青澀之下，還是微露一點藏不住的世故風情，冷眼拐了他帶著資金前來，心甘情願地拜倒她裙下。

恆瑞從洗手間出來時，她掩過身子，在枕側暗暗飲泣，他倒頭，在那規律的啼泣聲中安然入睡。

醒來時他塞得鼓鼓藏得好好的LV錢包、Armani套裝和襯衫、Kenzo領帶、Gucci皮帶、Bally皮鞋全都不翼而飛，床邊理所當然只餘空枕。

櫃檯已經換了早班的職員，告訴他沒錯，有個女的天沒亮就走了，對，好像拎著個洗衣袋，說是代班的清潔婦，來拿客人送洗的。

助理小劉的臉孔在面前惡夢似地放大，他知道小劉一旦趕來，會一句話不說地把旅館錢付了，幫他買套衣服穿上、送他進出租車，還會善解人意地給他一個也許不是LV但一樣塞滿鈔票的錢包，在這幾天掛失的卡片補發下來之前，給他救救急。然而，在任一時刻，只要小劉奉承恭順的臉上閃過一絲得色，不管那顏色如何清淺，都不是他能忍受的。

他後悔前天不該讓辦公室裡僅存的台灣幹部走路，不然至少可以找他求援，同是台灣淪落客，也就不覺得如此悲情。

小劉送他上車而去，頹然隨車繞過大半個上海，他才如大夢初醒，在家門前硬生生拐個彎，要出租車送他回黃河路按摩中心興師問罪。半晌，他更加行屍走肉地回到台商密集的虹橋區，公寓和公司辦公室隔街對望的那個路口。

出租車停在上島咖啡鮮黃的招牌前，挑著太湖蓮蓬、無錫蜜桃、水煮花生的小販們馬上圍了過來，在絡繹不絕的兜售聲中，滿地亂跑的老鼠玩具和夾道的盜版光碟護航下，恆瑞渾渾噩噩地走岔了路，沒拐進咖啡店旁通向他公寓的小巷，倒逕自走進店裡來了。

上海崛起，滿懷雄心壯志的台商蜂擁而至，個個紅著眼要分這塊肥肉，但上海灘潮起潮落，得意有人，失意者栽在浪頭下，於浪花四碎飛濺的泡沫裡幻化為呆胞、台勞、台流，於潮汐那一波又一波無情的沖刷裡苟延殘喘。這台灣之光的上島咖啡搶灘搶得夠快、夠猛，在別人掙扎著求生存發展之際，早已坐穩了位子，四處豎起金色的店面，吸引好奇的本地人、懷鄉的台商，同來體驗頂著台日咖啡文化光環的餐飲時尚，把殖民式咖啡再繁殖到新的文化殖民地。不可避免地，在它輝煌的招牌底下，早已種下混種雜處，由內到外、從台灣到日本那分贓不均的商標之爭因子；台灣上島的兄弟鬩牆官司未了，正牌的日本上島也準備隔海興師問罪，奪回被移花接木的名字。

反正當不成「上島」，搖身一變還可以做「兩岸」，在波濤洶湧的兩岸浪潮裡，兩岸咖啡這名字反倒更時髦、更對味。

在台灣人輝煌發跡的咖啡店裡，啜著饒有異國風情的混種咖啡，沒能給恆瑞帶來半點安慰。他無意識地嚥下一口，像是把所有前仆後繼、葬身在十里洋場的台商苦澀艱辛，都一股腦吞了下去；一失手，那燙口的咖啡潑在他新買的褲子上，讓他殺雞似地嚎了起來。

「你們這什麼咖啡，難喝死了！」他抓住經過座邊的服務員，「煮這麼燙，想把人燙熟啊？」

「噯，先生，咖啡冷了誰喝，到時你還要抱怨呢，」服務員遞給他一條冷毛巾，「趕快擦一擦，別燙著了。」

恆瑞倏地起身，差點把正擦拭著桌面淋漓點滴的服務員撞倒，「你這什麼態度！去叫你們經理來！你們都是這樣對待客人的？什麼玩意兒！」

恆瑞和經理、服務員圍了一圈，為這莫須有的惡質服務罪名吵得不可開交之時，他手機響了，是小劉。

「總經理，那個法國人又來了，一定要見您，我說了您不在，他就是不肯走，說他……」

「法國人？是那個叫做法……法……法什麼的嗎？」

「是的，叫法比揚·杜恩，來應徵過我們行銷助理，以前在D&H上班的那一個。」

可以想像聽筒對面的小劉又低著頭，「對不起，這人賴著不走，說一定要見到您，實在沒輒了，可以麻煩您跟他說一下，打發打發……」

「等等，我過去。」恆瑞眼睛亮了起來，「叫他等著吧。」

張口結舌的小劉回得出話之前，他掛了電話，高嚷著買單。走出上島，拐進巷裡公寓，在電梯間他已是興奮難耐，但還得忍著，先回家沖個澡，整理一下儀容。

想修理人，好好發洩發洩，再找不出更好的人選了！可是他得光鮮亮麗、趾高氣昂地去痛宰洋人，而不是敗露出一副縮著頭、夾著尾巴的倒楣窩囊相。

第二章

法國佬

瑞金賓館
新天地
外灘X號
古北新區
虹橋台商

懸鈴木（Platanus orientalis），原產於歐亞大陸，晉前已見諸中國，木質佳美，為製古琴良材。或云清末中法戰爭，法人於滇緬初識此木而攜之返鄉，遂成法京巴黎一景，又廣植上海昔法租界，因以訛傳訛誤為法國傳入，亦俗名法國梧桐。或有法國梧桐實為英國梧桐（Platanus acerifolia）雜交所配之說，源自英而入法，又輾轉隨殖民擴張至上海法租界。崇洋的說法國梧桐是香榭風韻，花都旖旎；國粹一派則曰懸鈴木中國早有，嫵媚天成。

瑞金賓館

初秋時分，法比揚·杜恩從D&H巴黎總部調到上海，不知羨煞了多少在花都想望異國風情的同事。中國是肥缺，消費又便宜，白花花的銀子只有進沒有出；那樣無底洞般饑渴的市場還怕業績打不開、升遷無門？聽說上海女人又漂亮又婉約，不像這些被男人寵壞、難搞的法國女人……

法比揚自己倒很漠然。他不懂中文，也不打算學；如果那些中國佬不說法語，他的英語應對綽綽有餘。大學時代曾經和中國女孩有過數夜之親，只發覺中國女人在床上比較悶不吭聲，這就是他對東方文化的初步了解。

是上海街道的法國梧桐，讓他首次驚豔於這華洋雜處之都的風華。上海真美，以前法租界茂名南路、淮海路那一帶洋樓處處，夾在斑駁的法國梧桐之間，儼然小巴黎的風情，讓他即使在異鄉也不須太想念千里外的故土。他不得不佩服百年前殖民者的遠見，老早就把法國梧桐遍植於此，造福後世子弟。

上海人也說法國梧桐美。有當地客戶問他淮海路比起香榭大道如何，他優雅地笑笑，說就算不能比也學到一點味道，「法國梧桐是很法國的，你瞧，樹皮剝落了，一點一點深深淺淺的痕跡，那種層次感，帶著點畫、光影色塊的風格，像不像法國印象派畫家的作品？」

不絕的讚嘆聲之後，在場的風雅之士延續話題，談到巴黎藝術學院對栽培中國藝術前驅的貢獻，以及法國梧桐如何啟發中國畫家的現代性。

好像有人模模糊糊地提到法國梧桐其實本名懸鈴木，是製古琴的材料，在中國早見蹤跡，並非法人引進之類的，但顯然古琴的風雅不若莫內、雷諾瓦或其實不是法人的梵谷，插不進話題，只有摸著鼻子、自討沒趣地悄悄退場。

從巴黎收拾行囊準備出發之時，法比揚根本無法想像自己在上海會這樣如魚得水。他在徐家匯附近一個鬧裡取靜的巷弄租了個公寓，只收美金不收人民幣，三千塊美金一個月，公司全部買單，眉頭也沒皺一下。他的薪水比同在本國的待遇，但是五萬塊人民幣在上海，絕對比六千多塊歐元在巴黎好用多了，而且走到哪兒，只要他帶著法文腔的英語一出口，就有人誠惶誠恐地伺候著——反正他也不大去英文行不通的場所。

一樣的法國梧桐，不一樣的外國月亮。在巴黎他是千千萬萬法國人中的一個，雖然也是挺體面的一個，但不像在東方國度裡做王子同等的滋味。

法國梧桐葉枯落，為街道鋪下一條條美得容不下淒涼的金碧毯，在入冬前最後的輝煌璀璨裡，D & H 的春裝發表盛大登場，由巴黎空運而來的名模領著本地佳麗橫掃伸展台，那豪華的排場、攝人魂魄的耀眼星光，處處要標榜著頂級名牌的手筆，來自正雄心勃勃往上竄的中堅分子，多少引人側目。

成功的公關宣傳，往往容易掩飾華美下的殘敗。冬天過了，點點嫩芽在法國梧桐枝椏間星火燎原地燒開，迅速地竄出一片片嫩綠的火海，但D & H並沒有熬過寒冬的嚴酷，在春天新生的喜悅裡再活過來。法比揚抵達上海其實已經接近強弩之末，那場轟轟烈烈的服裝秀，沒有救起 D & H 過去一年來的連番赤字，也沒有帶來夢想的收益，只把它推入更深的谷底；花了大把銀子營造的美麗幻象，絲毫沒有打動消費者的心，只讓其他名牌當成笑話。

在上海春夢一場，除了虧本再也了無痕跡，D & H 終於決定，撤出的時候到了。

辦公室那個鮮亮的David & Hervé招牌拆了下來，下一個承租公司已經迫不及待地把自己商標釘了上去，整天催著他們什麼時候搬得一乾二淨，及早把地方讓出來；租約明明到月底，現實的上海房東竟也睜一隻眼閉一隻眼，隨那蠻不講理的新來者提前趕人。

今晚，是 D & H 在上海的最後一夜，中國區總裁羅倫斯・慕何先生慨然包下瑞金賓館四號樓開餞別會，充分流露法國人顧前不顧後的特性：即使 D & H 如今鎩羽而歸，丟下一筆讓人難為情的爛帳，那麼悶不吭聲拍拍屁股就走，不畫下一個美麗的句點，實在說不過去，縱是燃燒殆盡的死灰裡竄起最後一點星火，成敗不計，總還是要讓所有貴客佳賓、淑媛名模沉醉。

沿著茂名南路而下，通往瑞金賓館的那兩側，都密密麻麻鑲滿了旗袍店，高張豔幟的櫥窗展示著最鮮麗、最時興、東家西家左鄰右舍競相抄襲仿效的款式花色，這家看上買不下手的，到下一家還有機會把價錢殺得更低，或者拿著第二家的價錢回過頭去第一家砍價。法比揚就常常這樣做，他不像那些毫無數字概念的美國觀光客，讓吃人不吐骨頭的上海商人騙得團團轉，心甘情願地付出本地人竊自恥笑的天價。個個上海女朋友都使出渾身解數，想從他身上要到LV、Gucci的衣衫配件，而他一律把她們帶來茂名南路選旗袍，省錢又有他愛的東方情趣——要名牌，D&H自家的樣品或瑕疵品就夠了。

法比揚覺得旗袍真是個不遜於高跟鞋的偉大發明。對領包住的頸項和繃得緊緊的胸脯，讓無袖削肩的圓弧崁住的腋下那點豐腴更加誘人，比起袒胸露乳的西式禮服更引人遐思。最了不起的當然是下襬的開衩，他陪女人去訂做一定交代師傅裁得高高的，坐下來整條大腿都露出來，站起身來行止之間忽隱忽現的縫隙，更撩得人心猿意馬。在迷你裙大行其道之前，西方仕女不管上身怎麼裸露，怎麼馬甲襯墊挺出兩個奶子在男人面前招搖，那兩條最讓人想望的腿總還是密封包裹，滴水不露；而這些以禮教矜持自居的中國女人，竟在百年前就如此大大方方正大光明地剖開衣襬，忝不知恥地露出大腿供人狎玩，可不是令人讚嘆不已的可愛偽善嗎？

暮色灑在斑斑駁駁的法國梧桐上，那光影一點一點地黯淡下去，沉默於華燈初上的瑞金賓館之前。法比揚掠過流離的樹影，拐進賭狗大亨英人馬立斯（Henry E. Morris, Jr.）於一九二〇年代精心營造的瑞金園區，沿著蜿蜒的小徑，穿過還未從隆冬肆虐裡恢復過元氣的草坪；南歐風情的葡萄藤和水池隨著遠去的日影沉睡，新改裝的俗麗餐舍，濃妝豔抹的身影在眼前拚命招手，教人不看也不行。霓虹點得燦亮的池畔驀地閃出一隻黃狗，在他腳邊聞一聞，又興趣缺缺地踏著碎步跑開。

月色映在四號樓前大大小小的石獅像上。這棟日本殖民者蓋在英國資本家莊園裡的洋樓，在見證國共兩黨無數要人歡會密談之後，又落入新的跨國餐飲業者野心勃勃的掌握之下。由內地、東南亞、印度搜刮而來的古董精品，無視於洋樓歐風的外殼，忙不暇地要幫它描繪妝扮出一張絲路商旅的面容，對著口袋多金而不識大漠風塵的賓客微笑著；新世紀流動的跨國資金，找到新的絲路據點，進佔上海，帝都的北京就不再遙遠。

法比揚推開厚重的木門，老遠就瞧見另一端的慕何先生，倚在一張堆滿各色絲絨墊的鴉片炕上，對他點點頭努努嘴，朝著吧台示意。在那邊，曾經隨著無數箱籠，伴著新嫁娘出閣的紅眠床搖身一變，去了床頂、裸著四隻腳撐住新架子上的瓶罐杯栓，卸下的床板再釘過，圍出一圈檯面供著侍酒閒磕牙。台前已經疊出一座香檳金字塔，細細滴落輕輕飛濺那一杯杯流金的采光裡，依稀掩映著古董床暗紅板木血痕般的漆紋。吧台上一座懾人的尊者頭像，沒了瞳孔的眼輪廓更加鮮明，法比揚從服務員手裡接過香檳，抽身脫出佛像殘破而堅定的凝視，任由靡靡低吟的燈光，帶他融入比二〇年代更古老的逸樂之境。

從炕上一隻垂下的佛手裡抽出香檳杯，慕何先生舉杯迎著向他走來的法比揚：「多美的夜，真教人捨不得走，是不是？」

法比揚的笑意和著清脆的擊杯聲，「這麼成功的派對，才令人走不開呢。」

「我們會再回來的，」旁邊明式太師椅上的奧利維耶，也舉杯敬法比揚，「等這些中國佬的品味提升，終於知道什麼是好東西的時候。」

「是的，總有一天！」所有的人舉杯，一飲而盡，在一旁的服務員忙著撤下空杯，捧上一盤盤倒滿的香檳和魚子醬鵝肝鴨卷乳酪等開胃小點。

「法比揚，我知道已經問過你了，」頂頭上司上海公司執行長安德列開口，「還是想再問一次，你真的不回法國嗎？職位薪水照舊，你知道的，真的不再考慮？」

「謝謝您的好意，但是我想留在上海。」法比揚在太師椅對面坐下來，那張討人喜歡的俊臉，濛在座上黃花的陰影裡，「這是個迷人的城市，我對它的前景還是很看好的。」

「你們瞧，法比揚被迷昏了，」奧利維耶回過頭，對穿著旗袍洋裝的幾個本地模特兒喊道，「女士們，法比揚是為你們留下來的啊！」

法比揚瞬時為脂香膩語所包圍，上海女孩們擠了上來，個個爭相要與他乾杯，即使酒量甚佳的他沒多久也微醺了，在一尊尊殘臂斷首的佛像前，做起了泛著異國淫佚詭譎顏色的美夢。

法比揚在咖啡香和隔壁房洗衣機悶著的咕噥裡醒來。他請了個女傭（若是法國輕喜劇裡的soubrette，彷彿都有個嬌俏的形象，也一定會跟貴族的男主人搞上一手，只可惜上海人尊稱幫傭的叫「阿姨」，再怎麼年輕嬌俏也被叫成黃臉婆了），來家裡打掃整理、清洗熨燙衣物，不需煮飯自然也不用帶孩子，比起鄰近一些從早被操到晚的阿姨們，漂亮的法國人家裡的小芳，不消幾小時就能把家事做完，整個下午閒著看電視影碟，或做些代工賺更多外快，遂成為阿姨圈的美談。小芳對此很是自豪，這些阿姨姊妹們大多是小學程度，就她一個上過中學，英文字母識得幾個，猜字能力多少強一些，否則在外國人家裡服務，豈是那麼容易的啊？

現在小芳多了件差事，就是要幫他準備早餐。之前法比揚還在D & H上班的時候，早上到公司，小妹一瞥見他，即端上義大利機器現煮的咖啡，配上幾塊剛出爐的小鬆餅、牛角麵包，特別要Croissant Français糕餅店送來的。當然，老闆安德列這麼感嘆著，上海師傅怎麼都烤不出法國麵包的精髓，牛角包那外酥內滑、牛油香而不膩的境界，非法國人無法體會，更別說烘焙了，在上海只得將就將就，這家已經是他們多方探索，找到最接近的。D&H一旦蒸發如朝露，義大利咖啡和東施效顰的牛角麵包，也隨之消失無形，現在法比揚只得自己想辦法。

他在公寓裡找到滴漏式咖啡壺，煮出還不難喝的咖啡，要小芳加了牛奶盛在七彩瓷碗裡，勉強可充當 café au lait；至於早餐麵包，就讓小芳騎著單車，到 Croissant Français 給他買來。有時小芳上菜場買了一大袋橙子，會搾一杯鮮果汁給他，在陽光底下，捧在手中那碗龍鳳呈祥的羽翼蜿蜒著，烙在牛奶咖啡裡鱗光一閃一閃，配上那杯豔黃的橙汁，活像城隍廟口那些藝品店賣的鮮麗手工刺繡，豔極俗極卻又不失其趣味。純正的 café au lait 得盛在素雅法式瓷碗裡，既不可求，索性讓它縱情混雜揮灑，正是上海風情。

小芳隨意滴漏的咖啡，自然比不上義大利機器精煉的 espresso 香濃，所以要加牛奶，反正他很快就會找到新工作，在新公司就不消為泡咖啡這等瑣事費心。

法比揚把收集來的名片在桌上攤開，努力地回憶著交換名片的場景，一邊篩選一邊列名單；大廠牌找主管，一般是不會在報上網路登廣告的，他必須自己去牽這條線，以他無往不利的外形與實力，贏得主事者的青睞。

他看著幾張女主管的名片，自矜的笑意不覺浮上嘴角——長得好看的男人永遠知道善用自己在女人面前的優勢。

打了幾通電話，與那些在紙醉金迷、觥籌交錯場所打過幾次照面的老闆們噓寒問暖，毛遂自薦，回應大多是正面的，然後就沒有下文。法比揚知道那代表著人家對他是有興趣的，只是當下沒有空缺，他也不以為意，反正耐心再等等、隔一陣子再詢問，自然有他的好消息，而且他的存款簿還飽飽的，能供給好幾個月吃喝享樂無虞。畢竟照顧他生活起居的小芳，一個月不過六百來塊，真是經濟實惠，吃頓大餐都不止這個價錢了。

向晚時分，法比揚跨著輕快的腳步，穿過新天地一重又一重的石庫門。這慷慨撒下十五億喚出的東西交會、新舊交集、傳統與創新融合的幻境，是異國歡愛醞釀發酵的最佳場景，不過當然，只有新鮮未採的嬌妍才有如此的榮寵，在帳單送來之時，偷偷摸摸地，窺視新天地那些遊逸場所耗費銀子的天文數字，然後掩住滿臉藏了也是枉然的又驚又喜之色，眼角餘光似不經意地瞄著他掏出來的錢包；春宵數度還未厭倦的女友們，他通常是帶到平價而格調不差的中菜餐館，食慾未必如同戀曲由異色的刺激轉為平淡（畢竟這年頭重色重味、醬濃喜甜的傳統上海菜已經不流行），但為了自己也為了女伴們好，物慾的調適是必要而健康的（如同當道的新概念輕膳食尚）。

他在慣去的歐亞複合式料理和法國餐廳之前猶豫了一下，終於走進前者玲瓏剔透的七彩琉璃門，倒不是價錢的考量，而是今晚的女主角看來不像能體會法式美食佳釀的類型。他在吧台前叫了杯薄荷味的雞尾酒，一邊啜飲，一邊把玩著竹籤釘住那顆嬌豔欲滴的櫻桃，就這樣滴溜溜地轉著，襯著盤底滾滾升騰的乾冰，倒好一個張牙舞爪青綠龍口杯裡迴旋的龍珠。

「法比恩先生，」女孩走到他面前微笑，她那頭黑髮全梳到一側綁成細辮子，串上五彩的玻璃珠，映著黑緞滾邊繡了大朵牡丹彩蝶的棉襖，睫毛刷得長長的，像是那彩蝶的觸角，還沾惹上一點晶亮的花粉，「沒讓你久等吧？」

「叫我法比揚，」他請她上座，「喝點什麼嗎？」

「就來一杯跟你一樣的，」她把棉襖披在高腳椅後背上，露出裡面那件小可愛與穿了個金環的肚臍眼，「法比恩。」她對他眨眼笑著。

法比揚懶得糾正她，斜眼瞧著瑟縮在棉襖褶縫裡的彩蝶，心裡有點遺憾，雖然她渾圓的肩與半截呼之欲出的酥胸，這樣一覽無遺地暴露在他眼前。

酒來了，她舉起龍杯對著法比揚甜甜地笑著，操著有些結巴的英語，「敬你，法比恩，敬D & H，上次的party，酷……極了！」

法比揚那巴黎人的高傲眉頭微微一聳，輕擰了一下又若無其事地勻開，而這個小細節，女孩就是看到了也不會注意，她嚥下一大口雞尾酒，險些嗆到，「Wow，後勁挺……強的。」

「是嗎？」法比揚輕輕一笑。

「我真的很喜歡D＆H的衣服哦，很棒！」女孩放下酒杯，「去年你們辦服裝發表會，我也去了，真是漂亮……」她很努力地，「那些禮服……真的是女孩子的夢想，像灰姑娘變成……公主，」她笑，眼睛勾著法比揚，「我也好想穿哪！」

「哦，是嗎？」

「真的唷，」她從包包裡拿出小相本，「我很不錯的，你看！」

她在法比揚眼前翻開相簿，展示幾張正面側面特寫，伸展台走秀的鏡頭，氣氛有點假、質感有些粗糙的沙龍照，「我的經紀公司是采姿，去年幫你們走秀的琳琳、Jamie都是我們公司的。」

他點頭，「我知道，跟你們李先生接觸過。」

她眼睛發亮，「那時候我剛來，所以沒有上場。」她把身子挨近法比揚，光裸的臂膀靠著他，「其實……我也不比她們差，你說是不是？」

「嗯。」他漫不經心地啜了口雞尾酒。

「那麼，下次你們辦服裝秀，找我好不好？」她倚著他，用手肘輕輕推著他，「好不好？」

「如果有下次的話。」他聳聳肩，服務員在這時走過來，低聲詢問，「先生，您的桌子準備好了，要入座了嗎？」

他揮揮手，「再等一下。」

「法比恩——」她沒有感覺到溫度急降，逕把頭膩在他肩上，「下個發表會什麼時候？」

「無限期順延。」

「什麼？」

「就是沒有下次。」他移開肩膀，不耐煩地，「D＆H撤離上海了，你不知道嗎？」

「撤……什麼？」看著他的那雙眼充滿疑惑，他了解她不懂得「撤離」這個英文字。

「D＆H走了，就是不在上海，懂嗎？上次我們那個party，就是餞別會。」瞧她似懂非懂地，他皺著眉，「Bye-bye party，跟D＆H說bye-bye！」

見鬼了這些王八，只說去了有好吃的還有法國帥哥，她用他聽不懂的語言罵著，回神看著他，「D＆H，沒有了？」

「沒了。」他點頭，一飲而盡。

「那……你……也沒了？」

法比揚覺得酒精在他體內燒著，「我還好好的，要到LVMH或是義大利品牌服務，」他優雅地笑，「還沒決定。」

「啊？」法比揚覺得這是他聽過最蠢的回答。

他看見她眼珠子骨碌碌地轉動著，本來打好的如意算盤全盤打亂了——開胃小酒，調情，大餐，調情，上床，簽約，伸展台，一炮而紅。好吧，把簽約伸展台以後的拿掉，至少也該撈到一頓大餐，至於上床呢，她看著他的臉龐猶豫不定，不想白給，又有點心動，反正法國人還沒試過，是否就當作人類學實習算了？

法比揚決定不讓她繼續兩難。「我們要走了，」他招來服務員，「算帳吧。」

法比揚走出餐廳的時候，她還捧著龍珠杯在吧台，反正錢都有人付了，不喝白不喝，誰知道，說不定釣到下一個幫她付大餐的凱子，去去這臭洋鬼子帶來的霉氣。

他走進他的法國小館，高朋滿座之下，熟識的經理硬是幫他在壁爐邊找了個雅座，等這陣晚餐潮忙過去了，便端了杯酒來跟他閒聊。D&H走了以後，這樣和同鄉交際、旁若無人地講著法文的機會，還是減低不少。

「啊，上海到處是機會。」提到剛才那個女孩，兩個法國男人眨眨眼，露齒而笑。

「待會去哪兒？衡山路？茂名南路？」

「今天去茂名南路吧。」法比揚掏出手機，瀏覽他芳名錄裡的電話號碼，想著今晚要給誰機會。

外灘X號

外灘X號隆重落成開幕之時，不只是大上海焦點所聚，巴黎、倫敦、紐約、東京各地媒體宣傳也沸沸騰騰，昭告上海與世界各大都會同步流行、同步消費。向為銀行金融業所壟斷的外灘，終於為精品業者殺出一條路，自然是上海灘的大事。硬派資本主義的銅牆鐵壁裂了一道口子，森冷的銀行大廳裡實質與虛擬流轉的資金，在外灘X號也溫潤世故起來了，華美精緻的商品和服務，喚出一個綺麗柔靡的夢幻世界，只要有錢，便能永遠沉醉在這個夢境裡。

早就覬覦外灘的各路勢力，自然不能冷眼坐視X號的成功。很快地，外灘Y號在中山路另一頭竄了起來，號稱義大利名家設計的豪華米蘭式拱頂購物迴廊，嵌著金絲的紅地毯和閃著絲絨光澤的飾牆，極力要鋪陳出比外灘X號更奢華的風光，多少遮掩著旗下名店與餐廳的品牌名聲，不若X號的響亮。南北分立頂著外灘的X號與Y號，就這樣以牛角之勢頂開大門，跟在後面的外灘N號已經緊鑼密鼓在籌備，而營運平平但佔了個好地段的K銀行，也和R集團數度密談，外灘K＆R未來的走勢，目前還是個頂級商業機密。

走入外灘X號各商家聯合開幕酒會的會場時，法比揚被擋了下來：「先生，能出示您的邀請函嗎？」

法比揚皺了皺眉頭，「我跟你們Angello, Angelina的副總經理拉斐爾．卡拉維利先生很熟，是上次見面他直接邀請我來的，說過不用邀請卡。」

他看著對方馬上掏出手機，嘰哩咕嚕不知講了什麼，然後掛了電話，很客氣，但是沒讓開路：「卡拉維利先生還沒來，他助理沒提到有交代您的事。」他回頭要小姐拿來貴賓名單，一邊陪著笑，「或許把您的名字登記在上面？請等一下。」

來回掃描了數次，他臉上的笑容愈來愈淡，像滴上咖啡的奶精，轉著螺旋精緻的細紋，不攪拌也漸次滲進那暗黃的肌理中，直至絲毫不留痕跡，摻和進內裡那客套的顏色，則重新浮上表面。法比揚瞧見對方眼神迅速在他和名單之間穿梭，眉頭糾結在困惑與懷疑之間；今天如果不是因為他是個深目高鼻的洋人，或許已經擺手要他走路了。

「您說您的名字是……法比恩，呃……突……？」

法比揚湊過頭來，「讓我看看，他們可能把我名字拼錯了。」他瀏覽著名單，「我想是這個，法比恩．突耳，前面多一個n，後面少一個。」他抬頭笑笑，很自然地，「真是沒辦法，老把我名字寫錯。」

用這樣的手法混進來，好像學生時代以後就沒有過。他早習慣了辦公室一堆邀請函，由助理幫著篩選回覆，在會場其實也不需要邀請函，他那張臉就是入場的保證。

法比揚從打著黑領結紅吊帶、托著盤子鼻心朝上的服務員手裡接過香檳，隔著泡沫香氛望出去，看見幾個熟面孔，點著頭儘可能優雅地微笑著。不管是怎麼進來的，這是他伸展的舞台，沒理由不自在。在他右手邊，闊氣地佔住面對中山路一排櫥窗，整整半棟新古典建築店面空間的K. Arko旗艦店，這季打著黑白對比極簡風格的棉麻服飾，一片素雅淡淨，虧得店裡一盆盆蓊蓊鬱鬱朵朵碗口大的牡丹，恣意綻放著正紅、亮紫、豔黃、嫩桃的飽滿色澤，青花瓷盆攔不住的國色，在衣衫裙影裡活色生香。法比揚在一朵吐出黃絨花舌的紅牡丹旁邊，瞥見集團董事海姆斯先生冷淡的灰眼睛。

「法比揚，真高興見到你。」灰眼睛的冷漠和他語氣的熱絡，一點都不搭調。「最近實在太忙了，沒時間回你電話。」

「恭喜你，海姆斯先生，很棒的店，」法比揚看著對方露齒而笑，握著他的手使勁地搖著，「衣服美極了，花也美極了。」

「可不是嗎？」對方唇上那斑白的鬍子微微挺起，「弄來這些花花草草可不容易呢，昨天才打掉一批謝了還是花太小的。來，你自己逛逛。」他一轉身，抽出的手又握住對面伸來的另一隻手，「高書記，高夫人，真榮幸……」

法比揚在他視線之外咬著嘴唇。過去三個禮拜以來，他不曉得打了幾通電話到海姆斯先生的辦公室，總是他那個英文流利的上海祕書——先生不在，好的，杜恩先生，我會告訴他您找他，再見，杜恩先生，謝謝您來電。

法比揚一轉頭，眼角餘光瞄見海姆斯先生的祕書，她一身白衣黑裙，胸口別了一朵大約是太小而被淘汰的牡丹。

法比揚走出K. Arko，一腳踩過水晶燈照耀下，更顯張牙舞爪的蛇髮女妖馬賽克地磚。外灘X號一樓的左棟，被三家走年輕雅痞路線的服飾品牌瓜分，完全開放的空間，不若K. Arko故步自封的傲慢；在三家緩衝之地，是個圓弧狀的酒吧，從外交圈裡退役下來搖身轉業的酒商，靠著他慣常長袖善舞的本事，暗自壟斷十里洋場高級洋酒的市場，在上海的外國人圈裡赫赫有名。這個貌不驚人的小空間，是他品酒俱樂部的延伸，目標是他所謂比較「平民化」的客戶群。

「法比揚，」法國小館的經理從吧台椅上招著手，「來喝一杯！」

在吧台前，法國同鄉告訴他，最近回巴黎一趟，在D & H的宴會上遇到他過去的老闆下屬們，個個都跟他問好。

「問你現在到哪裡，有沒有叛逃到非法國的公司。」他喝了口酒，低聲地，「猜猜誰接你的位子？那個油嘴滑舌的奧利維耶，想不到吧？他啊，真是撿到便宜了。」

法比揚聳聳肩，依舊不失優雅地，「這酒有點澀，」他放下酒杯，「你不覺得嗎？」

在六樓藝廊的開幕攝影展，端著盤子的服務員來來往往，法比揚食不知味地吞下開胃小點雞尾酒，漠然地看著一張張扭曲的黃色面容，訴說著中國的現代性。之前在四樓那法美合璧合資、號稱融合歐陸傳統與新世界風尚的健身沙龍與酒療美容中心，他遇見了同海姆斯先生一般、始終聯繫不上的 Paul Smith 中國區人事部總監懷特先生，興致勃勃地聽著接待人員介紹俱樂部的設施，而 Angello, Angelina 的卡拉維利先生，則帶著新女朋友在酒療館的櫃檯前，還沒來得及打招呼，只見他們被拉進貴賓室，享受免費的示範按摩和專屬產品。他在六樓又見到懷特先生，上前寒暄了幾句，畫廊經理領著展出藝術家來到懷特先生面前，閃個不停的鎂光燈，忠實地記錄藝術理念在浮華世界的探險，他便再也找不到可以和懷特先生多說上兩句話的機會。

法比揚坐著電梯一路下沉，再踏上底樓地板那晶亮著兩隻惡眼的梅杜莎斷頭，兩隻腿彷彿被吐著蛇信的亂髮纏住，拖也拖不動。這層樓現在唱空城，大家都擠到頂樓那兩家餐廳的陽台上，興奮地期待著。法比揚走出外灘X號的時候，天色已經暗下來了，黃埔江面上驀地竄起一支七彩的流星，樓頂上瞬時爆出滿堂采；在外灘堤上漫步的行人都停下腳步，屏息盯著接下來升起的火樹銀花，那琉璃般玲瓏閃耀的光芒，映進他們漆黑的眼瞳。煙花之末，在孩子們的歡呼下，一艘挺著大肚的飛船，慢吞吞地拖曳尾巴逆著江上煙波而行，把螢著幽光、各色語言書寫的「慶賀外灘X號開幕」訊息，打進所有觀者的心上。

法比揚從外灘X號五樓米其林三星主廚執掌、全上海最時髦最昂貴的「巴黎鱗爪」餐廳回到家裡，還算飽餐一頓，卻是滿肚子火。

稍早小芳告訴他，有個叫凱利的男人打電話來，法比揚想了半天還是不知道是誰。

「K-a-r-i，」他看著小芳寫在便條紙上的名字，「我認識這人嗎？」

從小芳的比手畫腳看來，對方是一個字母一個字母念給她抄下來的，她信誓旦旦地表示，絕對錯不了的。至於說了什麼、回電號碼，則一概不知。他趕著往外灘X號赴約，也不再多問，換好衣服就匆匆離去。

在「巴黎鱗爪」裡等了一個小時，還不見卡拉維利先生的影子，他才突然醒悟，小芳嘴裡莫須有的凱利，極可能就是卡拉維利（Garavelli），名字被K、G不分的她不管三七二十一地切割分解，而他八成是打電話來取消約會。那當下法比揚滿心的洩氣失意，不是上海最頂級的法國菜可以消滅的（對嗜美食的法國人竟是如此，可見是多嚴重的打擊）。好不容易約到卡拉維利先生，法比揚馬上不惜成本地訂下「巴黎鱗爪」的位子，期待在他一流的儀表辯才與美食的夾攻下，能說服Angello, Angelina的上海分部老闆，為什麼能通義語的他法比揚，是剛調回米蘭總部的吉爾凡尼走了以後，空出來的行銷公關經理位子最佳人選。明白卡拉維利先生不會來了，法比揚隨便點了個沙拉，把一籃麵包吃完，就付帳離去。

第二天他把小芳訓了一頓，得到的只是茫然的眼。「叫你別亂接電話，亂傳話，不會又裝懂。」看著小芳依舊一臉癡呆地望著他，心裡更煩了，「別接電話，懂嗎？電話，no，no！知不知道？」

「先生，你自己說，電話，yes，not here。」小芳一臉委屈。

他想起之前為了過濾閒雜女子的來電，曾經要小芳代接的。「從現在開始，No！OK？」他又想起一件事，「還有，從現在開始，你要煮飯。」

過慣了好日子的小芳，抗議著增加她的工作量，於是最後以加薪五十塊解決。加錢這件事讓他很不高興，但多加五十塊，可以省下外食動輒上千的花費，還是值得的投資。和小芳之間比手畫腳的招式和幼兒英語的默契，畢竟達到了一定的程度，找個新阿姨，又要重頭來過一遍，他不想為此多花心思。

現在法比揚也會看看網路上刊登的廣告，留下自己的履歷通訊，開始申請一些比較平庸的職位。他的生活仍然無虞，只是每個月三千美金的房租，並不是扣得他心頭不痛，但搬家的念頭，也同樣讓他的虛榮心隱隱作痛，實在不想離開這外交使節、外商高級主管雲集的住宅區。畢竟在小錢上錙銖必較沒人看得見，所以不打緊，但是大錢捨不得，就明著昭告世人，他的身分降了一級。

忍一下，就這一兩個月，他告訴自己，下一個高薪的工作，很快就會上門了。

古北新區

待業三個月，法比揚終於搬離徐家匯的豪華公寓，遷進古北區一個收人民幣、只有原來三分之一大的單身套房。愈來愈時髦的古北區並不便宜，所以不會一下子覺得層級降太多，然而房價的差異，是馬上可以讓人喘口氣的。新居離家樂福並不遠，法比揚很快就和賣場裡負責酒類行銷與廠商聯繫的皮耶交上朋友；家樂福辦試酒會、美食節的活動，他總提早得到消息，運氣好還可以多帶一些試用品回去。

皮耶之前待過日本，對於清酒、日本料理和東方女人，已然培養出一定的品味，對中國的黃白酒、口味重的上海菜卻是興趣缺缺，不過早已失去三〇年代那個情調的今日上海姑娘，並沒有倒了他的胃口。古北新區有不少招呼滬上日人的餐廳，菜單上中英文都沒有，就是蝌蚪般扭著的假名，即使看不懂皮耶還是愛，說這樣的店口味才道地，隨意點指菜單上的無字天書，或參照隔壁桌色香兼具的活樣板，也是樂趣之一。這種地方的價錢，當然也比有中文菜單的餐廳昂貴數倍；法比揚跟他去了幾次，之後便找著各種藉口推辭，後來他也善解人意地不再邀約晚餐，只是偶爾找法比揚去喝杯小酒——畢竟連酒錢都省，就不是法國人了。

有一回和皮耶去一家日本居酒屋，他帶了一個穿著花洋裝的上海女孩，長得不算特別漂亮，眼波流轉間透出些許靈秀，笑起來春風滿面，不著痕跡地拂去胸中丘壑，有幾分老月曆舊畫報的美人風韻。

「幸會，我叫小霜，英文名字是 Candy 。」女孩在他對面坐下，點頭抿唇而笑。

法比揚那始終抓不住中文音律的耳朵，很自然地過濾掉女孩的中文名字，他覺得 Candy 聽來很俗氣，能配的唯有她甜美的笑容。皮耶在旁邊插嘴，「你知道她的名字——霜——是什麼意思嗎？就是 frost，我們說的 gelée，冷冰冰的。小霜對她不喜歡的人，也是冷冷的，她真要對你好，又像 Candy 一樣甜蜜，有情有義。」

法比揚發現小霜酒量不差，觥籌交錯間，多少夾雜著點女人做作的痕跡，但還不討厭，在那矯揉之間有一絲嫵媚。她跟著他和皮耶，一杯又一杯地飲下他們戲稱為日本伏特加的燒酎，也面不改色，銀鈴般笑語不斷。

聽到皮耶說小霜在恆隆廣場服飾店上班，法比揚那帶著三分醉意的眼睛一亮，問了，「是哪一家啊？」

「JoJo Li，聽過嗎？二樓下了電扶梯往前第三間。」

法比揚點頭，「我知道，風格很強烈，用色也大膽，在本地品牌裡算是很成功的一個吧。」

「法比揚也算是你們這一行的，」皮耶告訴小霜，「他以前在D&H。」

「D&H不是離開上海了？他們本來在我們斜對面，好大的一個店面，現在換了賣高級家具的。」小霜看著法比揚，眨著詢問的眼，「那麼你現在在哪兒高就？」

「我在休息，」法比揚啜了一口酒，儘量顯得漫不經心，「然後再找一個法國或義大利品牌做吧。」

「欸，Candy，」皮耶順口說，「你們設計師要想打入更大的國際市場，可以找法比揚，他在行，人面又熟。」

「別開玩笑了，我們小廟裡供不起他這種大和尚。」小霜聳聳肩，「而且我只是個小店員，在我們設計師面前說不上話的。」她看著法比揚，眼裡有一道難以捉摸的光，「倒是……」

「什麼？」兩個男人異口同聲地問。

「幫我們代工的廠商，最近在找具有業務和外語能力的人，」小霜低頭啜了口酒，只見她抿著的唇角微微上揚，「但我想可能不適合你。」她眼裡的光映著本季流行五彩斑斕的唇蜜，看來多少有些刺眼，雖然她的語氣已經儘可能地溫婉柔和。

法比揚上了紡織公會、成衣業者的網站搜索著。他之前從沒想過這條路線，如果不是小霜意外提起，若不是各大精品名牌持續地給他閉門羹的話，他根本就不會認真考慮。其實仔細一想，未嘗不是機會，作為品牌和工廠之間的聯繫，他很容易就能上手；只要跟那些品牌再搭上線，他很快就能找到機會重新回到那個光鮮亮麗的世界。作為暫時立足的工作，的確不是個壞主意，總比蹲在家裡強。

網站的公布欄上，他看到郭恆瑞公司貼的廣告，估計小霜說的就是這個，他也知道對方要找的不是他這樣的人，但是在網路上搜尋對方的背景資料，瀏覽他們往來的品牌，甚至到他們代工的品牌專櫃店面，看成品的手工細部等，讓他心裡又打起了新的盤算。他把履歷寄了過去，沒有收到回音，也不意外；他的條件資歷遠超過對方要求，人家也不敢隨便要，他必須跟他們老闆直接談，而不是下面那些機械性篩選履歷的助理。在上的人如果還有一點更上層樓的野心，會理解如他這般的人才，為這家蒸蒸日上的小公司能做出的偉大貢獻，真是無法計量的——雖然他不會在此久留。

從古北到虹橋很近，他搭個車到恆瑞辦公室毛遂自薦，所遭遇的卻是他這一生到目前為止最大的挫敗。初次找工作都不似這樣的窘迫，讓對方直接對著五萬塊身價的他說，我要的是個五千塊的，再見了先生。

法比揚走出恆瑞公司所在大樓，無意識地在大街上兜了一陣子，直至斑駁的光點透著梧桐的樹影，照進他的眼來。法國梧桐絨毛般綿細的嫩葉，在料峭的初春裡哆嗦著，從鼓脹著生機的枝頭探出來的時節，早已遠去；梧桐葉漸次濃密，送走了飛揚的春，在盛夏裡沉鬱下來，一個一個指頭地數著他待業的日子。他在樹蔭下寂行，驀地抬頭一望，只見滿目所及濃暈蔽天的梧桐葉，連枝椏都瑟縮在那喧囂的油碧碧葉片之後，隔一小段路，偶有桐葉稍疏之處，一兩柱單薄的陽光才有機會穿過障礙，映著點點浮塵，怯怯地照下來。

法比揚要小芳一個禮拜只來兩天，遭到相當程度的反彈，小芳威脅著不幹了，說這樣很難另外安排其他空檔，抱怨她從好好的拿月俸的阿姨，降為論天數計費的零工。她真的兩天不見人影，正當法比揚打算到門庭若市的求職中心，擠過潮水般湧入的人潮，從等待雇主的阿姨打掃工裡重新挑一個，她又回來了，若無其事地做著她的事，也沒有跟他為薪水討價還價。他教會她煎牛排、炸冷凍薯條、煮豆子和燉稀爛的菠菜，從此可以帶女人回家，宣稱家裡有個會燒法國菜的阿姨。於是女人們一臉好奇，看著小芳煞有介事地，燭光下一道道上菜，最後，把家樂福買的焦糖布丁扣在碗裡當甜點，就算大功告成，小芳會很識相地帶上門離去。

對法比揚而言，女人向來是來來去去的，他不須刻意去找，也有人送上門來。但現在那個循環期變得更短了，讓女人們自動消失的主動權，也不一定操在他手裡。與小芳精心設計經濟實惠的居家約會，通常演練一次就得換人；沒有禮物和高消費場所的招待，她們很快就不再來了。反正小芳的法國家庭菜單，也沒豐富到可以應付常客的地步（而大多數人期待的法國餐，總帶著對於鵝肝松露豪華海陸大餐的想像，也多半無法置信牛排薯條，真是法國家庭與街頭咖啡館常見的菜色，所以新鮮感之外難免伴隨幾許失落），而且要約在她有來上工的每週一、四時段（也不能太晚，因為過了八點還不能走，小芳就開始臭著一張臉，戳破了苦心營造的情調氣氛，露出背後極簡經濟掃興的陰影），也有它的侷限。

新天地的法國小館，法比揚早已不去了，曾與他熟識的經理偶然在別處遇到，恍如隔世，就從不同塵世那重重的阻隔之間，覓得了縹緲的接觸點打個招呼，也無從交談。衡山路和茂名南路的酒吧爵士俱樂部，偶爾無來由地想犒賞自己，他也會挑個不算基本消費、不另外加入場費用的，點一杯眉頭不會皺的飲料，耗掉一個晚上。偶爾遇到以前的相識，依舊露出他迷人的微笑，輕點個頭，他們在他轉頭之後，跟女伴們竊竊私語的樣子，他就裝作沒看到。

小芳跟法比揚請辭的時候，他其實已經在心裡琢磨著，要怎麼優雅地遣散她，只是沒想到讓她先開了這個口。

從徐家匯搬來古北，他的早餐也隨之從Croissant Français每天現烤的麵包，換成家樂福一箱十二個現成的大牛角，讓小芳用小烤箱熱一下上桌；所以在這天看到一個久違的Croissant Français，他心裡的詫異點點滴滴地醞釀升起，終於蓄勢欲發，正要責備小芳先斬後奏的莫名之舉，她垂著頭告知今天是她的最後一天。

法比揚內心的不悅，瞬時化作滿腔的溫情。想不到這看來懶散不經心的小芳，不但善解人意，在他無力負擔她的工資之前就主動提出離去，還體貼地奉上這充滿美好回憶的最後早餐，充分顯示她的戀眷之意。法比揚告訴自己，等他的情況穩定了，就把她找回來吧，一切都只是過渡期必需的權衡，過了就好了。於是他在小芳掙扎之下，教給她法國文化的最後一課——印在她雙頰上又大又響的兩個親吻——雖然嚴格說起來，如此地情感外露，不太符合巴黎人的世故。

小芳把她買菜的記事簿交給法比揚，他才發現這筆Croissant Français也記在他帳目上。於是他終以巴黎人的世故冷淡送她出門，心裡不滿地嘀咕著，哼，就是鄉下人。

後來聽說小芳挾著在挑剔的法國人家裡當差的經驗，雙語以及右手中餐左手法國菜的資歷，已經在另一個外國貴人處安頓下來。法比揚有一回還在家樂福遇到她與新主人出來採買，推著購物車跟在後面；他趕緊提著籃子拐進旁邊的走道，確信他們沒有看到。

法比揚早就把眼光放到超級名牌以外的地方，別說當地品牌了，成衣廠紡織刺繡發包業他無所不試，比恆瑞公司規模等級低的，他也遞了履歷求職信，但不管是越級、平頭或是降格以求，卻始終是石沉大海，打個電話、親自跑一趟去詢問，不過是大海裡再多拋上幾顆絕望之石。絕望的不是他個人條件經歷的問題，而是對方和他薪資期待驚人的落差，是他脫離了這個極端的社會階級制優勢一方之後，發現自己墮入的泥沼。

幾個月後，他留意到恆瑞公司那個廣告還在，打電話去試探，發現確實還沒找到人，於是他咬著牙，抱著破釜沉舟的心，決定再登門見那個滿嘴客套卻傲慢膚淺的台灣人。

「杜恩先生，哎呀，好久不見，請坐請坐。您現在在哪兒高就呀？」恆瑞笑嘻嘻地打量著這個依然俊俏，卻迅速憔悴消瘦的法國人，心裡篤定他還沒找到工作，就那麼惡意地問了一聲。

「我手上確實有幾個不錯的機會，郭先生。」法比揚勉強地笑了笑，「但不瞞您說，我對您這兒是最中意的，本來已經要答應其中一個了，看到您還沒找到合意的人，我又自己來了，想與您好好談談。」他低聲、儘可能懇切地，「我相信您這陣子也看了不少人，還沒有定下來，想必沒有找到理想的。說句公道話，郭先生，像我這樣條件的，您不是輕易可以碰得到，我又對您這兒的工作有相當的熱忱，我們若是沒有機會合作，為公司開拓更多的商機、打開更大的市場，豈不是莫大的浪費？」

「杜恩先生，我必須告訴您，我對您的印象真是好極了，」恆瑞從他的黑皮椅裡起身，在法比揚身側的沙發上坐了下來，似是親暱地放低身段，「真是希望敝公司有那個能耐，能把您留下來，但實在沒辦法，我們只是小字號，不敢要您來屈就啊！」在語尾他把聲量提高，戲劇化地攤開手，誇張地擺出無可奈何的手勢。

法比揚深深地看入對方的眼，暗暗吸了一口氣，讓微笑在臉上慢慢綻放，「郭先生，讓您知道我真的很有誠意加入貴公司的行列，與各位共同為公司創造更大的利益。」他低聲地，「您不用擔心我在D＆H的身價，甚至您說過的，暫時還未考慮外國主管級薪資的問題，我都能夠諒解。」他看到恆瑞對著他笑，等著他繼續說下去，「所以，我給您的提議，絕對讓您吃驚，看我是多麼願意為了公司犧牲我個人的考量，真的是全上海沒有一個外籍主管可以接受的價碼，」他停頓了一下，「一萬三千塊錢。您所得到的經濟效益是無法衡量的。」

「真讓我為難了，杜恩先生，」恆瑞拍拍對方的手臂，「對您而言，的確是很大的讓步，我也十分感謝您表現對敝公司的強烈興趣，可是我還是一句老話，我們要找的是個幾千塊錢的業務員，承蒙您這樣折讓，但是沒有預算還是沒辦法啊！」

「我知道您最初的期望，」法比揚忍住了胸口的鬱氣陪著笑，「但是我對於貴公司的前景是更為看好的，所以覺得您需要的不只是一個數千塊的業務，您可以把公司帶到更遠、獲利更可觀的方向，這就是我能幫您的地方，而您現在在薪資上做的小小投資，很快就能以不止數倍的回饋賺回來了。」

恆瑞還是搖著頭，「我相信您的能力，也感激您的提議，但是當前我們沒有編入這個多出的薪資預算，還是無法接受您的好意。」

法比揚沉默了片刻。「郭先生，」他終於開口了，「一萬塊是我的底價，不能再低了。」

恆瑞還是不鬆口。「杜恩先生，真是很遺憾，就像之前跟您說過的，我們在找的是個五千塊的業務員。這樣吧，」他起身，很熱情地握住法比揚的手，大幅度地上下搖著，「我實在太喜歡您了，這個位子我就隨時為您保留吧！不管有沒有人來，只要您想清楚，願意委屈接受微薄的五千塊，這個職位永遠都是您的，我說了算。」他微笑著送法比揚到門口。

皮耶要調回法國的消息，讓法比揚在深淵裡還是忍不住嘆氣。雖然他對於法比揚的困境幫不了多少忙，但他的離去，會使法比揚當前不是孤立無援的假象，更無情地幻滅。

「我說法比揚啊，」在皮耶公寓裡和小霜三人的餞別宴上，他問了，「你還是不考慮回法國嗎？」

從窗前法國梧桐的樹影裡，法比揚望見了巴黎的街景。入秋時分，紅葉似火從這條街延燒到那條街，那色澤由微醺到酩酊，把整個巴黎染得如癡如醉，酒香彷彿就飄在空氣中，風起時只見它們簌簌地顫著，像是不勝酒力雙頰緋紅的美人。這是他離開的巴黎，也是他記憶裡初見的上海。

此刻從皮耶窗口看出去的滬上秋色，卻像苦酒入腸，讓人心醉又心傷，滿目淒紅泣血，像是哀悼著短短一年的時光，他怎麼陷入如此不堪之境，由天之驕子淪為任人宰割的俎上肉，一大片血肉模糊揉碎了在砧板上暈染開，讓人不忍卒睹。

為什麼不回法國？法比揚想起當初送走D&H那一票到此一遊、無功而返的同事們，直到浦東機場，老闆安德列還最後一次問他，真的要一個人留在上海？

「法比揚沒問題的，光賣他這張臉，就不知迷死多少中國女人。」奧利維耶嘻皮笑臉地，「再見了，多保重啊。」

就是這個小人奧利維耶，老實不客氣地坐上他的位子，他回去能做什麼？當然他不一定要回到D&H，但這個圈子太小，走到哪兒怕沒有人幫他宣傳，說他法比揚在上海混得不太好，還是夾著尾巴回來巴黎找工作了？

為什麼不離開上海？上海比得上巴黎嗎？法比揚想著他的花都，從小所學所見，都讓他很自然地以巴黎為世界的中心，它的世故、精巧、優雅、無瑕的容姿，就是他衡量一切的準則，由這個準則出發，他也發掘了上海的美與醜陋。他崇拜巴黎如他至高無上愛與美的女神，而上海不過是個一般的女人，嬌聲膩過來的時候有她可愛之處，但是他精細的眼馬上就看穿了，身著華服作雍容之態的她，骨子裡還是很粗鄙的，他為此而輕視她，卻又不得不被她吸引。

他愛上這個城市了，這種又愛又恨無可奈何的強烈情感，讓他明白自己為何離不開它。它不是他永恆的戀人、他最終思慕歸依的巴黎，這麼個不完美、善變、忸怩作態、老跟他鬥嘴給他顏色看的上海，卻是他這一刻願意相好、割捨不下的冤家。

再一次，他對皮耶重複著說過的台詞，「我想留在上海，這是個迷人的城市，我對它的前景還是很看好的。」

「上海的前景看好，你的前景啊，我不知道是不是那麼看好。」皮耶搖頭聳肩，「隨你吧，我下個月就走，但這裡的合約再兩個月才到期，也會付到那時候。你可以搬過來住，也省一點開銷。」然後，半開玩笑地對著小霜說，「我不在，你可要好好照顧他。」

法國梧桐葉落盡之前，法比揚再走進郭恆瑞的辦公室，眼裡的光又黯淡了一點。客套寒暄過了切入正題，他提出八千塊的要求，恆瑞還是搖著頭，「我只能付五千塊，您知道的呀——！」他把那個呀拖得長長的，覺得很有上海人的味道。

法比揚低著頭，「您知道，八千塊是我最起碼的生活需求，再少就沒法過活了。」語尾那幾個字低不可聞，他眼裡的傲氣已經蕩然無存，留下來的近乎於哀求。

「我真的很同情，杜恩先生，」恆瑞理解似地點著頭，「對您來說可真不容易，可是您看，人家兩三千塊一樣在過活，您想想辦法，日子總是可以過的，不是嗎？」

法比揚走出公司的時候，知道他從此與衡山路茂名南路絕了緣，給外國人消費的地方，理所當然要拿外國人的薪水去花；五千塊其實並不差，但是得用在當地人的消費。長著外國人的臉，拿的卻是本地人的薪資，去哪兒都不上不下，是最傷感情的。

女人則不用多想，那是太昂貴的消費；尤其女人們和外國人在一起，算盤打得更是清楚，無法照她們期望消費的外國人，就不算是外國人。

從五萬塊到五千塊，他鍾愛的上海就是這樣薄倖待他，而他，像所有陷在情網裡的男子一般，還是相信他有東山再起、鹹魚翻身的機會。

過去那些朋友、女人都斷了聯繫，他也不願意人家看見如今的他。只剩有情有義的小霜，偶爾還會來找他，不要他禮物不用他花錢；他也知道小霜這樣有辦法的女人，自有別人給她禮物把錢花在她身上。

第三章

美國佬

波特曼麗池酒店
南京西路
衡山路
虹橋老外
濱江大道

波特曼麗池飯店

照著柯特．麥唐諾給的指示，順利抵達波特曼麗池飯店，離約定的時間還有一刻鐘，王美佳便隨意在飯店前宏偉的迴廊閒晃。繞過Gucci旗艦店櫥窗，春光明媚的絲巾、印花提包在黑底的商標前招手輕喚，但她沒有走進去。航空公司，茶坊，法國餐廳，pub，美式肋排，咖啡廳。她隨意兜了一圈，回到原點，上樓反方向繞了一圈，這次走得更快——領事館、公司接待處、義大利餐廳、辦公室、辦公室、酒商。再回到倚著南京路的那面，她下了樓梯靠在扶欄上，雙手撐著下巴，面對路上來來往往的人車發呆。

她不喜歡這個伸出壯碩胳膊，豪氣干雲地把這些個精品店、高級餐廳、高尚場所納入飯店腳下的迴廊。太粗糙了，瞧那些大而無當的梁柱，徒然誇耀著表面的宏大雄偉，卻忘了仔細粉飾雕琢；活像隻巨大的高腳蜘蛛，以為自己精緻的羅網捕捉了陽光下閃耀如鑽的露珠，渾然不覺它那幾隻毛茸茸的長腿，多少礙著了斐鑽的風華。來上海第二天，這是柯特要給她的上海初印象嗎？

看看手錶，還有五分鐘。她轉身走進身邊那家有機簡餐店等柯特。

離上一次見面，已經有七年了，在這之間，他們自然而平靜地分手，從彼此的生命裡銷聲匿跡，然後又極為自然、清淡似不著痕跡地，重新連絡上。她說了最近要到上海參加親戚的婚禮，順便度個小假，柯特告訴她，我現在在上海。

自動門打開，閃進一個高大的身影，身形有點神似，但前額已經禿了，她心裡一跳，隨即認出不是。從位子上看著進門處那口鐘，離約定的時間已經過了兩分鐘。

那時從美國進修夏令營歸來，同南加州的陽光椰影一起邂逅的柯特，與她斷斷續續地通信，當他告知已經申請到獎學金來台灣研習中文，她想，是為她而來。再次相逢，她方才卸下重重心防與矜持，亦讓他得知，她其實沒有忘記他那雙南加州晴空般碧藍的眸子。她當然不是他的初戀，但身為他第一個亞洲女朋友，而且還這麼不遠千里而來，總是特別的，即使家裡極力反對、萬般阻撓，即使她向來最是體貼親心、無所違逆，竟也無法斬斷這段異國情緣。

柯特一年的遊學生涯匆匆而過，獎學金斷了之後，靠英文家教與補習班又撐了七、八個月，終於還是收拾行囊而去，在指導教授翻臉前趕回去，手忙腳亂地開始寫論文，驚險無比地拿到碩士，又迫不及待地離開他老爸的修車廠，開始在金融界叩關闖蕩。而他們之間，就像其他生死不渝的愛情或沒有如此深刻的戀曲一般，都難逃時間空間的折損。

她抬頭看看自動門上那個掛鐘，一刻鐘過了，這時門一開，有個人影在她目光之下閃進來，一襲黑色的風衣、公事皮箱、黑亮的皮鞋，映著門口那缸扭著明豔身段恣肆招展的出水茗花，格外顯眼，籠在花蔭裡的側臉不是十分清楚，他舉目四望，目光落在她身上時，她心裡跳了一下，然後看著那人朝她走過來。

男人停在她面前，公事包丟在椅子上，雙手撐著椅背對她微笑；她起身回視，把他低下來的目光拉到平行線。她記憶中垂在額前那蓬鬆微鬈的麥金色劉海不見了，飽滿的額頭整個露了出來，髮線往後退了一點，仍舊豐茂，上了重重的髮油，看來顏色也深了，梳得一絲不苟。他露齒而笑，兩排潔白的美齒像牙膏廣告那樣白光逼人，影影綽綽中彷若有點過去的神采，卻像是過度曝光，一片燦爛中該有的真實輪廓，反而模糊了。黑色風衣下是深藍的西裝、中規中矩的領帶，皮帶釦環上一個顯目的G字，是Gucci吧，她想，看著眼前對她笑的陌生人，她半失神地伸出手，接觸到的那隻手卻是出奇地溫暖，柯特握住她，傾身近她耳邊低語，「不給我一個擁抱嗎？」說完也不等回話，就自自然然地把她擁入懷裡，輕撫她背脊，「很高興再見到你。」

就這一瞬間，那點隔閡彷彿雪融在這個懷抱裡，男歡女愛淡在無形之間，如老友般溫馨甜蜜。

柯特攤開菜單，「點了嗎？有樣東西你一定得試試，他們果汁都是現打的，很新鮮，很好喝。」

那些特調果汁的說明中英夾雜，看來嬌貴而有些不知所云，她隨便點了蘋果汁，送上來那杯卻是小麥草的顏色。「加了藍綠藻吧！」柯特再露齒而笑，「嘗嘗味道如何。」

才過午，不大的店面已經桌桌客滿，消費的人也大多鷹目深鼻，鮮有當地人的面孔，有的都是跟洋人一起來的，像她一樣。

端上來的四角白盤盛著她的三明治，線條簡單俐落、展開的弧度平穩大方，柯特的義大利麵浮在同一式的橢圓大瓷碗裡，紓緩開來的碗緣悄悄地落了個款，龍飛鳳舞的洋名字。她想像自己的盤子某處大概也藏著個簽名吧，這地方果然出手不凡。

烤低脂雞胸帕尼尼三明治，夾層襯了橄欖泥與風乾油漬番茄，拌上優格乃滋醬。柯特的青醬筆桿麵也是低脂低鹽，還是有機麵粉做的。比起在加州的有機食品概念店，更加聲色俱厲地吆喝著養生健康，只是她想不到漢堡薯條炸雞大杯可樂大口啤酒的柯特，有朝一日會在她面前啜著高纖高維他果汁，叉子捲起設計師器皿裡的低熱量義大利麵。

柯特回眸看她，又笑了，「應酬多，餐餐大魚大肉高膽固醇的可受不了。你知道嗎？去年我害了一次痛風，醫生再三交代飲食一定要注意。」他叉起幾根油綠綠的空心麵桿子送入嘴裡，「還好上海還有這種地方，不錯吧？你的果汁好喝嗎？」

「嗯，很新鮮。」

上次看到這個男人，是在機場淚眼相別之時。她隱約知道柯特拿到學位之後，在美國銀行待了幾個月，就搬到東岸，進入波士頓顧問公司，波士頓那套搞熟了，他跳槽到麥肯錫，挾著中文的優勢擠進當紅的大中華區，從北京跳到上海。到台北出差無數次，總是來去匆匆：「忙啊，做這行就是這樣，錢多時間少。有一天終於可以靜下來，整理一些以前的東西，從通訊錄裡看到你的名字，一晃五年已經過去了，不曉得你好不好。」

柯特炯炯目光盯著她瞧，笑了，「你還是沒有變。」

她相信這話沒有惡意，但出自舊情人口中，也不曉得算不算恭維，只有一笑置之。

「你看，我看來不太一樣吧！不覺得我胖了嗎？」

「這表示你在上海真的過得不錯。」還是在上海有人好好照顧你，她心裡想著，沒有說出來。

「那倒是真的。上海是個很棒的城市，」他眼睛發亮，「你這兩天有空，我帶你去逛逛，去走走那些老街道，看看洋樓、老建築。很有味道的。」

「你的上海話說得不錯了嗎？」

「我不說上海話呀！」柯特聳聳肩，「也不想學，沒有需要嘛！告訴你，我到內地去，鄉下人看到了指指點點——真的，不是在你背後偷偷地說，看哪，那個外國人，就是當著你的面，指著你品頭論足。我跟他們說你好，每個都嚇了一跳——哇，這個洋鬼子還會講普通話！」他大笑，「你相信這過去一年來，我跑了中國十二個省份嗎？更不要算城市有多少了。」

「這麼忙？」

「差不多，以前在麥肯錫也是這樣，只是時間更不自由。出來自己做，除了以前一些老客戶，還固定跟兩、三家比較小的顧問諮詢公司合作。」他看著她，「見到你真好，你大概是我現在接觸的人裡面，算是比較知性、水準比較高的。想想我大概兩年沒看書了。」

她一臉詫異，說得出任何話之前，他又接口了，「真的，大學研究所時代的朋友，還有聯絡的只剩下你，你好像是我跟那個世界的一扇窗口。」他眨眨眼，「兩年不看一本書哦，也不容易吧！」

「你太忙了嘛！」她幫他找了藉口。

他搖頭，「我從來就不是什麼高級知識分子，你知道的，也不會特別想去掩飾。」他攤開雙手，很坦率地，「我就是想賺錢，也賺到了。我來到上海的時機很好，早來了沒得發展，晚來的擠不進來。上海話就免了吧，普通話夠我用的了，真的講上海話，可能更沒說服力呢！」他皺著眉，「真不喜歡聽人家嘰哩呱啦地講上海話。」

柯特說這裡的有機低咖啡因咖啡不值得一試，便帶她走出所費不貲的簡餐店，到迴廊另一端的Starbucks。在沙發上舒服地坐下，他看了看手錶，「再一會兒我得走了，要出城去看一塊農地，評估設廠規畫工業區的可能性。所以需要點咖啡因。」他啜了口咖啡，有些不耐煩地，「通常這種事，可能的話我會盡量找別人去勘查，不想自己去。每個人都跟你說，哎呀你一定要來，我們這地皮好得不得了，我們一看就知道，根本不行的。」

她不知道要怎麼接話。

「你家人向來好嗎？」他微笑改了口。

她點頭，「父母親年紀大了，總是不像以前，但是身體還不錯。哥哥在美國，結了婚已經兩個小孩了。」

「你說你這次是來參加婚禮的？」

「是我表弟，」她微微一笑，「網路上認識的，視訊、網路電話打了一個月，他到上海跟網友見面，玩了五天回來，就說要結婚了。」

兩人相視一笑，柯特若不經意地加上一句，「恭喜了，人總是會想安定下來，成家生小孩，不管過程如何，都是好事吧。」

那個笑容逐漸從她臉上消失，她儘可能讓自己顯得從容，不落痕跡。

當她起身致意要去洗手間時，他伸出一隻手止住她，「等我一下，我跟你一塊兒去，這裡太小了，我們去波特曼麗池裡面的。」

走出Starbucks，他推開飯店的側門，踏著不能再熟悉的步伐，很有自信地前進，連拐了兩個彎，隱在角落的飯店洗手間，在幽微的燈下靜靜地等著他們。

「這是全上海市我最喜歡的飯店，很漂亮，很舒服吧！」兩人在迴廊下排隊等著出租車，「我喜歡到這邊來洽公、吃飯，在這邊生意也容易談。我說上海什麼地方好？要看歷史、老房子有的是，像這種新的、氣派的地方也有，基本生活機能也不錯，發展的空間還很大，我看我真的可以在這裡待上好一陣子。」

「你結婚了嗎？」這話題插得有點突兀，但眼看著前頭再等沒幾部出租車，就會輪到他們倆，她決定乾脆地問，別把在心裡反覆的問題，再帶回去反芻。

「還沒有啊！」他大笑，「至少我清醒的時候，沒有答應任何人。怎麼，我看來像嗎？」

「也不是，」她思索著怎麼回答，「只是……你剛才提到人總會想安定、成家生小孩，一副好像……好像是已經結了婚的人唸的經。」她儘可能自然，但那話尾裡做出來的俏皮，讓她的思緒沉甸甸地壓著，有些無精打采。

他好像沒注意到，只是聳聳肩，「隨口說說罷了，前一陣子我家裡人來看我，本來想勸我到香港去，有親戚在那裡投資，」他跟她眨了個眼，「順便要介紹什麼小姐的，後來他們都很喜歡上海，也就沒再提了。」

出租車在他們面前停下來，她推讓著，「你趕時間，你先上吧。」

「不不不，女士優先，差不了幾分鐘的。」他送她上了車，從搖下來的窗口探頭進來，「打電話給我，OK?有時間我帶你去走走。」

南京西路

美佳走進「上海美饌」，穿過一長列豪氣萬千的海鮮游水箱，冷不防，一尾猙獰的海鰻恰掙脫魚網，以為可以忤逆往熱鍋裡去的宿命，在她腳邊不死心地竄著，那富有活力的水漬流竄進她鞋裡，一陣涼颼颼的。服務員滿地胡亂著要撈回去，忙不迭道著歉，「對不起，對不起，哈哈，你看咱這魚多鮮，多生猛哪！」

四面圍住的落地明鏡，把已經很可觀的大廳無盡延伸，歡騰的賓客身影在鏡裡鏡外各自照眼；天井裡垂吊下來一盞盞巨大宮燈，映在鏡中仔細一盼，分外鮮紅雪亮。在這種地方睜著眼找人，絕對是徒然，她乾脆地放棄了。

「郭恆瑞先生嗎？這邊請。」

帶位的領著她上了半樓，拐進扶欄圈出的半個空中樓閣，恆瑞舉著筷子招呼她，「喲，美佳表妹，怎麼這麼慢啊？」

「對不起，我去虹口，回來遲了。」她低著頭坐下，對姨母和座上一位陌生的女子微笑。「這是李瑞琴小姐，長發李董事長的千金，我外甥女王美佳，在美商公司上班。」

郭母往她盤裡夾了一塊桂花糖藕、一片水光油嫩的肥雞，「趕快吃，我們早就自己開動了。」

「虹口？有什麼好看的嗎？」恆瑞問，「我平時很少到那裡去的。」

「我到復旦大學，有個同事託我帶禮物給她老師。」她解釋著，「回來的時候到魯迅公園去走走，感覺不錯，天氣好，出來的人也不少，還有人在吊嗓子、唱戲曲呢！」她笑了，「真的很好玩，就像我們公園裡打太極拳一樣自然。我盯著人家看，他們唱得更大聲了。」

恆瑞搖搖頭，「魯迅公園？沒去過。」

「下次可以去看看，我覺得還不錯。那唱歌的還推薦我去多倫路，說也在附近，有條老街、名人的房子。我看時間來不及了，就沒去。」

「改天和李小姐一起去吧！她也是第一次來上海，哪裡都沒去過的。」

「讓一讓，小心！燙！」一盅熱騰騰的蟹黃豆腐端到她眼前，她側過身，方便人家上菜，卻瞥見柱子後有個熟悉的背影，也不知是不是的那人對面坐了一個上海女孩，一襲藍紗的洋裝露出大半個胸乳。

那盤嘶嘶沸著熱泡的砂鍋，已經定定擺在餐桌中央，她挪開的上半身，也不得不隨著遠去的服務員回到定位。男人的身影再度離開她的視野，隱入柱影之後，但她仍不自覺地豎起耳朵，徒勞地想捕捉從那桌依稀流洩過來的隻字片語。

男人聲音不是很清晰，也無從分辨說些什麼，女伴話不多，卻是笑靨如花，笑聲像銀鈴般清脆；連她恆瑞表哥都注意到了，很不以為然地哼了一聲，「這些巴著洋人的上海女人，每個都一樣。」

「說不定是談公事。」美佳隨口說了一句。

「談公事？你看她那個騷樣。」恆瑞鄙夷地，「露著大半個奶，不是來賣肉的是什麼。」

「恆瑞！講話不要這麼不乾不淨的。」郭母開口了，「在小姐們面前，成何體統！」

「本來就是啊，我說，這些跟洋人在一起的女人，沒一個是好東西，賤貨嘛，看她們圖的是什麼。」恆瑞狠狠划進一口豆腐，又燙得猛伸舌。「這豆腐哪有人這樣做法！」

「說錯話了吧。」郭母斥責著，「吃飯就吃飯，別人家的事，你管那麼多做什麼！」

美佳知道自己臉上泛起了淡淡的紅暈，姨母看著她點頭笑，神色裡滿是要她諒解；那毫不知情當然也猜不透玄機的李小姐，卻也因為話題驀地由淡而無味，轉到這腥羶嗆辣的方向不知所措，只能胡亂陪著笑。恆瑞在母親使了好幾個眼色以後，想起來他這個表妹也曾經與洋人交往過（他並不知道還真不巧，就是同一個人），果真是說錯話了，方才不情願地閉了嘴，像隻戰敗的公雞，垂喪著冠羽，眸子裡卻淨是不服之意。

夜裡，柯特起身，摸黑點了根菸，火光映著小霜模糊黯淡的輪廓，睡熟了，一動也不動。是美佳絕不可能的，她對菸味近乎神經質的敏感，必然皺著眉要他熄了，當時也曾千方百計要他戒掉，說他的吻裡總有尼古丁的味道。比起來，那時菸抽得還沒現在兇呢。

在「上海美饌」裡，他從對面的鏡子一望，看到美佳就坐在他們後面這一桌，同桌還有個猛窺小霜乳溝的男子，一個年紀較大的女人和另一個清瘦的年輕女子。美佳應是看不見他的臉，但瞧她似乎心不在焉，找機會往這邊偷看了好幾眼。

他吐出一口煙，看那灰白的煙塵在黑夜裡淡去無痕，像是一個從過往浮現的白色幽靈，在他面前逐漸消逝。

小霜翻個身，醒了，眼底從朦朧到澄清，起身對他伸出手。他在床緣坐下來，把菸遞給她，她吸了一口，皺著眉：「好嗆！」

「這當然不像你們裝模作樣的淡菸。」

小霜反手在床頭菸灰缸一拈，那點星火掙扎了一下，幽然而息。柯特又點了一根，在煙雲中轉身往工作室，「我要去忙了。」

「現在還要上工？什麼事不能等到明天嗎？」她嘟著嘴問，話尾又是甜膩膩的。

得弄一個報價單給客戶，順便把他們要的市場調查發包出去。這事不想再拖了。」

「還沒有敲定的生意，就先發包出去，會不會太冒險了？」

柯特倚著臥房的門檻，走道的燈從背後剪出他分明的側影，那個看不見的笑容，沿著剪影外緣的光擴散出去：「沒問題，我的直覺不會錯的。」

「聽說上次D＆H的市場調查，也是你幫他們搞的，結果死得這麼慘。」

「我們的評估並沒有錯，說得很清楚——市場絕對是有的，但他們的路線可能要稍做修正，因應當地口味，是他們自己搞砸的。」

「恐怕市場的潛力講得洋洋灑灑，後面的路線修正一筆帶過吧！」

「什麼話，這你又是哪裡聽說的？」

她笑著改了口，「這次做的又是服飾精品業？最近幾個案子好像都是這個方向的。」

「做出口碑了啊。」

「有沒有缺什麼人？你知道這行我認識的還不少呢！」

柯特很乾脆地，「別亂給我找人。」

小霜俐落地穿好衣服，豔紅的十趾套進水藍的細跟涼鞋，舉到他面前，「幫我扣上。」他拾起垂掛在後跟的鞋帶，胡亂纏住她白皙的腳踝，「自己弄。」

小霜打理好在鏡前照了一照，拿起皮包，摟著他頸根，「那麼我走了。」

他掏出一張鈔票，「要門口老王幫你叫車，嗯？」他突然想起什麼似地，「喔，對了，」他找出一個牛皮紙袋交給她，「找了零錢幫我郵局寄了，好不好？」

「你真小氣，這點小錢也計算得這麼清楚。」

「我們愛爾蘭人都是勤儉持家的。」

「你什麼時候幫我買個 LV 的提包？」

「下次吧，哪，」他送她出門，「買個錢包比較實用，最近那幾個帶鑰匙皮釦的新款，都滿好看的。晚安。」

他走進浴室想沖個涼，打開龍頭，細細一條泥流，挾著濃濃的金屬味直瀉而下，在他肩上洗下一道道銅色的血痕，他低罵著閃開，把水栓開大，等著水管裡的霉鏽沖刷流盡。暗紅色的泥流咕噥了一陣子，終於安靜了，他不解地瞪著一片死寂的龍頭——栓子開了卻一滴水也沒有，只在龍頭嘴邊殘留著一圈油亮的汙漬。在下一秒鐘，奔騰的水柱瘋狂四射，像青龍升天盤旋掃尾，其勢銳不可當，瞬間就把張口結舌跌落地板的龍頭淹沒了。

半個鐘頭以後，他給自己倒了杯威士忌加上冰塊，裹著浴巾到陽台納涼。在他找到總開關把水源切掉之前，那洪水早已沒出浴室，廚房起居間都受到波及；找得到的抹布毛巾舊報紙不要的舊衣服，他就隨手先鋪著救急，等明天阿姨來上工，再讓她好好清理。

房東信誓旦旦，說浴室蓮蓬頭跟排水的問題已經解決，顯然只是空話，他也懶得用他流利的普通話，再與對方去抱怨要求改善。今天稍早，衡山路豪宅的經理打電話來，說有個公寓剛空了出來，一兩個禮拜內就可以搬過去；這邊的契約簽到年底，正好藉著水患把它退了，押金若拿不回來就算了，也沒有多少錢。

他想著排隊排了半年以上才等到的衡山路華廈，不禁笑了。七千塊美金一個月，這樣的價錢，在洛杉磯可以租下獨棟的別墅，在上海卻只是個奢華頂級的新貴公寓，保留給外商公司的主管，或是像他這樣幫著跨國企業牟取暴利的貴人，畢竟剝削人不被人稍稍剝削，拿點出來回饋，也說不過去。他那愛爾蘭老爸曾說過，該省的盡量省，放一點小錢可以滾進更多大錢，絕對不要吝嗇。

他想起幾天前電視上看到的節目，介紹外國人在上海生活的紀實影片，那一集的主角是個從事精品業的法國人，長得一張討女人喜歡、一點男子氣概都無的小白臉。片子一開頭，攝影機照著他在茂名南路、衡山路的酒吧逍遙，對著鏡頭微笑，志得意滿地說他喜歡這裡，說上海之夜多麼迷人。接著旁白談到他們公司節節虧損，決定要撤出上海，鏡頭照著工人來拆那個鮮麗的招牌，才知原來是D&H，當初幫他們做市場調查時，不記得有這個傢伙，八成是之後從巴黎調來的。

柯特啜了一口威士忌，隔著酒杯看進上海的夜色裡。那個紀錄片他沒有看完，但結局想也了然的。他關電視之前，鏡頭在法國人跑不同地方面試找新工作、可能的未來雇主的訪問、以前女友們的說詞等等之間交錯，訴說的故事都指向同一個方向：這人是完了，他的價值取決於那個已經撤回法國的公司，這麼簡單的事實他竟然搞不清楚。在上海，他可以說有價無市，一句中文都不會講，更減低他的市場競爭力。跨國公司自己從本國空運主管來，不會在當地聘用落難的自己人，畢竟來是要賺錢、不是搞慈善事業的，本地公司更不會花大錢找這個麻煩。

那個法國蠢小子一次次重複，說他不想離開上海時，柯特頗能了解他的心情。在企業顧問諮詢業這一行闖出了點名堂，不論到哪裡，他的收入都能讓他過著很舒服的日子，但是這個錢在哪裡花，都沒有像在上海這般愉悅。他的胃是很中國的——燒一條黃魚，燜上辣得讓人流淚的泡椒乾椒嚇不了他，面對那些奇奇怪怪的內臟血塊他也毫不變色，上海這水陸匯集之處所發展出來融合各派美食的料理，更是十分契合他的口味。在這個城市裡，要撒錢的時候有的是時髦、吞鈔票不眨眼的銷金窟供他消費，偶爾比較浪漫感傷的時刻，他也可以逛逛一些老街道、還沒拆掉的石庫門、三〇年代的花園洋樓，沉浸在大學時代對東方的憧憬裡。

但是他不會像法國佬那樣濫情用事，事實上，這就是美式企業和法國企業一個很大的分別，也是為什麼法國公司——除了金字塔頂端那些名氣響亮的品牌以外——在這裡多半賺不到錢。法國人總是活在過去，於是他們只能做帝政時代延續下來、還帶著貴族氣的生意——奢侈品，其他什麼都搞不好。

柯特把威士忌乾了，又點了一根菸。汙染嚴重的上海夜色總是灰濛濛的，夜幕裡參差起落的燈火漸次黯淡了，那穿不透的暗沉從底部慢慢浮上來、化了開，透出內裡的灰藍，間雜幾絲微弱的星光。破曉時分就要到了，他赤裸的肩，在仲夏之末感到一絲涼意。

衡山路

「喂？」電話一端傳來男人疲憊而不耐煩的聲音。

「是我，王美佳。」她有些尷尬，「不好意思，打擾到你了嗎？」

「誰？」依舊是不太友善的口氣，她硬著頭皮再報了一次名字，「啊，美佳是你，對不起，剛才沒聽到。」

「我把你吵醒了嗎？」

柯特似乎伸了個懶腰，「沒關係，該起來了，昨晚睡遲了。」他又打了個呵欠，背景裡好像還有些雜音，「怎麼，有事嗎？」

她遲疑著，在鼓起的勇氣消失前開了口，「呃……就是……你上次說過，可以帶我看看上海的老街道，想問你什麼時候有空。」

「好啊，約個時間吧。哦，對了！」他想起什麼似的，「今天下午如何？我等會兒要去看新公寓，在衡山路上，你要不要陪我看一下，然後我再帶你到附近走走？」

美佳先到，便在地鐵站出口的書店隨意翻閱雜誌，一邊想著早上把柯特吵醒時，他的微慍是否因為身畔還有別人。不會吧，她告訴自己，有女人在的話，聽到他約別人見面多奇怪，你想太多了。另一個聲音從心底浮起，也有可能不是什麼重要的女人，它提醒著，不管如何，都不再干你任何事了。

遲到的柯特不似那日強調筆挺的西裝，梳得一絲不苟、油光線條分明的紳士頭；蓬鬆髮下套著毛衣休閒褲，好像又回到學生時代，她原先的不自在竟一掃而淨。「穿隨便一點，租金也許可以壓低，你說是嗎？」柯特對她眨眨眼。

話這麼說，柯特帶她走進不像能講價的地方。他的身影映入大廈門廳的長鏡之前，她瞥見門口的管理員迅速拿起聽筒，撥了電話，經理室的門應之而開，穿著合宜套裝的年輕女子，滿臉笑容到門口迎接：「先生小姐好，」她操著流利的英語，「麥唐諾先生，您今天來得真好！有一個單元剛空出來，一樣帶家具，大一點，多五百塊，七千五百美金。十七樓，視野很好的，您要一起看看嗎？」

「好的，是蕭小姐嗎？」女子微笑頷首，按下電梯鈕，「請叫我 Jessica。」

電梯門緩緩闔上，一大盆高唱著奇花異卉歡妍的大理石花盅，連同那炫目的水晶吊燈一併被關在門外；電梯內部也搭配門外石材溫潤的暗紅色澤，美佳卻感到一絲寒意，那金屬鏡面的門老是反光刺進她眼裡。

「您看，一分錢一分貨，四樓和十七樓的景觀，就是不一樣。」看過四樓以後，Jessica再帶他們走進十七樓那戶，「家具的格調也不一樣，下面的簡單一點，這裡比較富貴豪華，個人品味不同，隨您喜歡。」她輕輕笑著，「您或許知道『四』這個字，對我們中國人有些忌諱，跟death音太近了，有人不喜歡，但是這棟樓大部分，都是像您這樣的外國老闆，沒有影響的，下面便宜一點，是它的條件真的沒有這裡好。」帶他們繞了一圈，她把鑰匙交給柯特，「您慢慢看。這裡人剛搬走，屋主要整理一下，下個月就可以搬進來，下面那個隨時可以簽約交屋。可是特地為您留著才有的呀！您知道我們這兒很熱門的，希望您早點決定，跟我們說一聲。」

她點著頭，仔細把房門帶上，「待會兒我在下面等您，有什麼需要隨時打對講機找我。麻煩您出來時鎖上，謝謝您。」

柯特打開落地窗，從陽台上對美佳招著手。天色還早，這條酒吧街的霓虹尚未亮起，像是在午後打著盹兒，一整排法國梧桐蓊蓊鬱鬱，彷若水族缸裡悠遊的水草，穿過珊瑚似的玫瑰紅洋樓浮了上來，在眼前懶洋洋地招搖；遠一點樹影稀了些，露出幾座花園洋房安靜嫻雅的側影，像缸底點綴著假山逸居，不知裡面住著什麼翩不見影的神仙人物。偶爾有幾部小車，吞吞吐吐開過水影搖曳的路面，車身在日頭煙塵下一閃，猶如魚背的灰白鱗甲划水而過，沒入遠方。「這兒晚上可熱鬧了，不過八成我就是在其中一家去吵人的，吵不到我。」柯特轉頭瞧著落地窗，「唔，雙層的，隔音應該不錯。」

他回到屋裡一屁股坐上沙發，手指頭在那漆金圓弧的柱頭上得得敲著，「你說如何？」

「嗯？」

「如果你是我，會選哪裡？」

「兩個選一個？沒有考慮別的地方？」她聳聳肩，「我不知道，我不是你啊。」

「你講話老是這樣小心，生怕出什麼錯似的。」

我父母曾經說過最大的錯誤就是你，她想著。美佳向來不是反唇相稽的個性，這話自然沒有出口。

「你不太喜歡，我知道。」柯特起身，兩手拱著撐在旁邊那個大理石的維納斯裸像上，「多少有些財大氣粗，是吧？」他笑的時候那兩排美齒又森亮著，在水晶燈下更是雪白閃爍。

「不是自己的房子，租的地方也不用想太多，方便舒服就好。」她幫他緩頰。

柯特看了她一眼，「你知道嗎，」他吐了一口氣，又笑了，「那時我曾經很喜歡你這點。」

與他並肩漫步衡山路上，美佳還納悶著剛才那句話不知什麼意思。就像他說她還是沒變，可以是恭維也可能沒那麼恭維，而更頭痛的，是為一句語意不明的話所耗損的心思——特別是說話的人，可能壓根就沒用上那麼多的心思。

「你會租嗎？」她試著找個分心的話題。

「會。」

「很中意？」

「不覺得這個景很棒嗎？你看，那邊開始有霓虹亮起了，很快這裡就會變成夜上海。」他把手放在法國梧桐斑駁的樹皮上，「白天的時候又收斂起來，看起來很有氣質的樣子，很有歐洲的味道。你不覺得有點像巴黎嗎？」

她停下腳步看著他，臉上那點紅暈在樹蔭下還是藏不住。巴黎是他們共同的祕密，父母親永遠不會知道她真正跟誰去了巴黎，懷疑自然是會的，送她到機場，看她當真與兩位女同學一起驗證登機，終於放心地轉身離去，相信女孩們真的是去花都拜訪留法的朋友。回來的時候，柯特也很識相地與她分道揚鑣，免得來接機的家人看到，她知道他能理解，但他碧藍的眸子裡那點微微的嘲諷，她無法視而不見。

這回他眼裡並沒有任何戲謔之意。他們在咖啡座坐下時，他還在看她，服務員送上飲料，他才開口，「你好嗎？」語底的誠摯無庸置疑。

她還記得他的溫柔，也幾乎就要心動了，「怎麼現在才問？」她笑。

他也笑了，「因為之前沒有好好問過嘛！」他舉起杯子，「哈，還好是愛爾蘭咖啡，有點酒精，正好，來，祝我們久別重逢！」

她想起之前網路上流行了一陣子，那個淒美純愛的愛爾蘭咖啡故事，不得不苦笑，想到他不會曉得，瞬時釋懷，真不曉得自己為何這麼沒來由地患得患失。

「對不起，我待會兒還有飯局，不能陪你太久，」他啜了一口咖啡，「真抱歉，把你約出來已經有點晚，沒逛到什麼又要走人了。」

「沒關係，是我自己冒冒失失地打電話給你。反正這裡我知道了，下次可以自己再來。」

柯特看著她，「你總是這麼體貼，有時候我真好奇，這個弱肉強食的世界，什麼時候才會奪走你這種天使般的特質。」

「你說什麼？」

「我說，我等一下要去跟一些大人物吃飯，幫人家擺平事情。」天藍的瞳孔中有點陰影開始擴散，籠住那片清朗。

「喔，什麼事？」她並不真想知道，卻還是問了。

「勞資糾紛。你想在這裡會有什麼勞資糾紛？誰不是看上廉價勞工、工時可以很長來設廠的？」柯特笑了笑，「意思就是沒有來打招呼。所以我幫我客戶把那些有頭有臉的人都找來了，大家吃飯喝酒開開心，走的時候發個紅包，天下太平。」

她沒有說什麼。「當然，這種事不稀奇，到處都有，美國台灣都不例外。現在你知道了，拉皮條也是生意，就像當年……」他突然住了口。

「當年怎麼樣？」

他不說話，但眸子裡夾雜著挑釁與猶豫，欲說不說的。

她再問，「你說當年……？」

「你知道你爸曾經帶我去……」他頓了一下，「妓女戶嗎？」

「……！」

柯特低著頭搓手，她看不到他眼裡的表情，只覺得他語氣變了，「如果我進去了，你當然就會知道，」他又笑了，搖著頭，「誰想得到有這樣的老爸，帶兒子跟女兒的男朋友去那種地方。」

美佳說不出話來。她的手交握擱在膝上，想到管教甚嚴的父親，她不覺地握得更緊了，指尖在手背上掐出紅印都不自覺。

柯特沉默了一會兒。「這對我是很大的衝擊，你想不到的。」他的手指在咖啡杯上來回畫著，彷彿有些顫抖，「不要用錢去買女人，有生理需求，就去交女朋友——我那愛爾蘭老爸，從小是這樣告訴我的。買來的只有性，沒有意義，女朋友即使不是很愛，多少有點感情，還是不一樣——喔，不要這樣看我，當然也有例外啦——反正我老爸這麼教我，我也是這麼相信。」他喝了口咖啡，「我不曉得你們的文化到底怎麼回事，居然是老爸帶著兒子上妓院，這樣教他認識女人。」

美佳努力調整著愈來愈困難的呼吸，他繼續，「知道他怎麼跟我說的嗎？他說你要玩玩，不要找我女兒，這裡隨你選，我請客！」他一口氣把咖啡喝下去，「他們進去了，我自己一個人喝啤酒，喝到醉了，」他終於抬起頭看著她，「還是想不懂，怎麼會有這種事。」

她從桌下抽出一隻抓得痕跡斑斑的手，握住他的臂，望著她的那雙眼睛深沉得看不出曾有的澄淨。

恆瑞到恆隆廣場 JoJo Li 店裡，同大家都親親熱熱的，就刻意把小霜冷在一邊，跟設計師 Ms. Li 關在 VIP 室談事情，大模大樣把小霜當茶水妹使喚，要她泡咖啡送點心，還忙不迭地挑剔。

「她本來就不是泡咖啡的呀，小霜，回去招呼客人吧。」然後 Ms. Li 不知說了什麼，兩個女人嘰嘰咕咕地講上海話，讓恆瑞更加不爽，上海人總是護著上海人，他肯定她們在批評訕笑，而且大剌剌在他面前，欺負他聽不懂。

「小郭先生，我讓她們再幫你準備一杯，加奶不加糖對嗎？」依舊是那樣甜蜜蜜的笑靨，直讓恆瑞幾乎要忘了宿怨。

小霜一出來看到熟客汪小姐，陪了洋太太來挑衣服，一票人已經搶過去伺候，圍得滴水不漏。她精細的眼很快打量了一下，不慌不忙地架上挑了幾套，這才滿臉含笑迎上去，「這季最新流行，您看看，這顏色洋氣，式樣又大方，特別適合身材高眺的人。」

「我就說還是小霜會介紹，」汪小姐比了一下，跟客戶笑說，「看了半天不知挑什麼好，她拿來的就硬是好看！」

「這衣服也是看人身材的，就等您穿上身哪！」說著，小霜不著痕跡地把一旁巴結得緊，卻不得要領的小玲拐到身後去。

她知道恆瑞吃了癟懷恨在心，肯定要在 Ms. Li 跟前說閒話找她碴，但她一點也不怕——就憑她那黃金銷售員的業績，Ms. Li 怎捨得要她走？恆瑞存心要給人難堪，她也不在乎——在餐廳端盤子她都做過，身段要多軟就有多軟，這般嘴臉還難得倒她嗎？倒是恆瑞自己以為混得熟門熟路，忘形了，忘了在這兒他不是花錢頤指氣使的大爺，而不過是當紅品牌 JoJo Li 的代工廠商，他是來跟人家要生意做的，而不是告訴人家該怎麼做，用什麼人。

按摩店的事件之後，恆瑞轉移了目標，去捧新來的蘭蘭，十足刻意百般沒品地，在她面前張揚炫耀——老吃窩邊的男人頂沒出息，小霜本來就看不起。何況恆瑞這種人只有追求時殷勤擺闊，給他到手，就不會在你身上多費一個子兒；所以最上算的，就是百般逗弄，惹他頻下本錢，到他惱怒罷手，便宜也佔得差不多了。

下了班，小霜帶走稍早招待恆瑞一起報了公帳的蛋糕，算恆瑞欠她的——再怎麼樣，上海女人絕不吃虧的。她打出租車到虹橋，穿過恆瑞的高級公寓跟整排獨棟別墅，上了茅台路，揚起的煙塵再顯得喧騰庶民，重慶燒雞中國移動成人保健的招牌後，拐進有幾分里弄風情的一個小區，門房看見是她出來招呼，聊了幾句，幾乎要比住戶還熟絡。

沒電梯的樓得爬到五層，過道樓梯間總是雜亂，燈泡修好了再壞，大半時候都昏暗，剛搬來時出入都有人盯著看，想他又不像來教語文混飯吃的窮酸老外，怎麼一個人住到這裡來？久了也就習慣了。這單元兩千人民幣出頭，整理過還算乾淨舒適，到恆瑞公司又近，以法比揚當前薪水，真是沒得挑的，沒有小霜出面幫他承租，讓他亮出那張白人的面孔，租金怎麼壓下來？不打緊，屋主是我妹子，自己人都好談，小霜這麼說——上海女人似乎總有一大票妹子，在不同場合裡冒出來，熱心地互相支援——剛來的時候法比揚搞不清楚，真以為是親姊妹。他自然感謝小霜的幫忙，不需要也不會知道過兩千的那個零頭，理所當然由小霜接收，當作謝禮。

從窗口看到小霜上樓，法比揚出來開門，認出她手上那貴婦咖啡座的蛋糕盒，眼睛一亮——現在的他得省一陣子，才捨得買這樣的奢侈品解饞。

法比揚煞有介事泡了咖啡來配蛋糕，沒多久，鮮奶油就吃到她身上來了。衣服弄髒，小霜要不悅的，於是他熟練地解開胸罩，拿那顆鮮嫩嫩要滴出蜜糖來的草莓，糊了一把把奶霜，在她乳上塗了一道又一道鬼畫符，「哪，這是行動藝術，我還挺有天分的吧？」

小霜扭著胴體咯咯嬌笑，一張口，吞下塞進她嘴裡的莓果，「可要舔乾淨，別給我招螞蟻！」

半瞇眼，她看著男人伏在自己身上，一會兒小口小口吸吮，一會兒伸出蛇信似的舌尖，舔去乳暈邊那點殘白。她對自己白皙的肌膚很有信心，知道雪白的奶油不會把她酥胸搶暗比黃了，還能映襯乳頭的粉嫩，不覺滿意地低聲呼嚕，像隻貓似的。男人硬挺的下體頂著她的腿，她便好生仔細磨著，兩個人都銷魂。法比揚的好處是他挺得住，前戲可以玩很久，不像有些男人貿貿然就要往女人身子骨裡鑽，在她快活到緊之前就洩了，讓人憋一肚子的火。說真的，看男人不過財力跟性能力，自恃一點才氣往往帶來不成比例的傲氣，更糟的是什麼都不行，就只有那個硬脾氣。吃軟不吃硬的上海女人（除了在床上不吃軟），誰理他來著？

柯特不玩這些個花樣技巧，持久性或許好一點？他算是紳士，不會在她濡溼之前就闖關，但他的愛撫與溫存，似乎總帶著相當的實際性，不多不少，適可而止，極有效率地進入真槍實彈的衝刺階段：他有運動員的體格與A片男星規格的偉物，一般總有一定的水平，毫不含糊，即使精簡行事，也不至於太讓人失望。有一回她在床上出言挑釁，柯特二話不說，按住她就幹了起來，那次讓她開了眼界，從沒看過哪個男人不變換體位，能足足抽上一刻鐘要多，到她麻了，估計他差不多要射，嬌聲叫他慢一些，他愣了一下，露齒而笑，「你以為我快不行了嗎？」說著更快速地律動，一陣一陣野火從陰內燒上來，小霜快暈厥了，潮溼而熱烈的地獄。

那次之後又恢復常態，她沒法再逗得他加演任何一場——落差可以從七、八分鐘到三、四十分鐘不等，從勉強過關到欲仙欲死，這男人到底把她放在哪裡？

又一次她在柯特淋浴時開門走進來，巧手把他下體洗得乾乾淨淨，微屈在他胯下，纖纖十指扣住他脹大的陰莖，小嘴兒含住他蛋蛋，任舌頭妖嬈地纏繞。蓮蓬頭開著，柯特的呼吸聲迴盪在水柱之間，一聲比一聲沉，小霜溼透的洋裝緊貼她不甚豐腴卻也曲線柔媚的身子，肌膚從半透的衣裙裡顯露，底下沒有穿內衣。柯特讓她抓著壁上的龍頭鋼管，從後面進入她，他一把撕開胸口那洩盡春光的薄衫，隨著地心引力垂下、不住滴著水的乳房讓他性慾高漲，他一邊狂野地在她股間抽插，一邊粗魯地擰弄她雙乳，那作用力猛得小霜險些要摔跤。

他買了一件新洋裝給她，胸口開得很低，隨手一扯就能從她肩上滑落，對他來說方便得很。小霜決意要抓住一些主導權，且從性開始，抓牢他的陰莖，好像就把權力握在手裡。儘管嚐到讓他回味無窮的甜頭，柯特竟也無意要有下次。他們的性愛總回到常軌，就是他要的模式，偶有意外的刺激，也在可控制的範圍，其他方面亦如是。他對她不厚不薄，就是公道。

她沒遇過像柯特這樣「硬裡」的男人。動一根小指頭就要掌握全局的一等上海女人，即使碰了軟釘子，也覺不慣的。她柔膩、作態、拿翹、做足了水磨功夫，想找一個最柔軟的地方穿刺進去，卻發現遇上強勁的反制力。這可不像傷感小說，一箭射穿的未必是心，總還有別的。是人就有要害，對她來說，能洞穿不過是時間問題，大半時候，堅強的盔甲總掩飾某種脆弱感，真是無孔可入，也不消試了。在所有來往、盤算、角力、若有似無的情感之外，小霜的直覺告訴她，再耐著點心性去鑽，必有收穫，她天生的冒險家性格，也不可能在勝負未決之前喊停。

相較之下，法比揚就很綿軟——那是他的浪漫，也是一廂情願，在上海肯定要吃虧的。小霜不在意偶爾肉身布施落難的法比揚，那反正是很好的娛樂，這時節沒有多少女人願意理他，而對他來說，愈少人知道他的境遇愈好，所以每次小霜來了，他都是百般奉承，沒有冷場。說行善有好報倒也不假，做出些許施恩的姿態就好，善事也不好多做，否則就不覺珍貴了。話這麼說，法比揚在恆瑞手下能不能熬過去，尚在未知數；沒準幾個月就淪陷，待不下去了，沒準絕境的磨鍊讓他脫胎換骨——不過後者的機率大約不大。他還不自覺上海這個大染缸正在改變他，有那萬分之一的幸運，他會以嶄新的色彩重現江湖，染壞也只有丟了，少他這一塊料子，對這城市而言也沒什麼可惜的，多少人急著跳進來呢。

小霜感到法比揚貼近她後庭，伸舌舔向那含苞菊花般微微拱起的小門，她側身閃開，輕揣了他一腳，「別用你那親過屁眼的嘴來碰我！」她伸手作態摀住他的唇，在他面前張開雙腿，引他正面迎戰，似星眼迷濛，心裡卻陡地雪亮。法國人愛肛交，早聽姊妹們說過，「一有機會就跟你要，可千萬別心軟，一給了進去，就停不住，我疼得緊，叫得像殺豬，他更興奮了。」有嫁了法國人的妹子這麼說。

男歡女愛是一回事，肛交就是政治了，沒有房子珠寶和婚姻的保障，當然不能隨便給，這死老法怎麼以為他可以平白越雷池一步？男人真是慣不得。她從岔開的腿間瞧見法比揚的身影，喘息著，很陶醉地擺盪，帶著孩子般的天真。

濱江大道

過了延安隧道到浦東，回首一望，天色剛暗下來，外灘正是華燈初上時分。

「給我們一個靠窗的座位！」恆瑞一進門就吆喝，入了座他眉開眼笑地，「現在還是happy hour，買一送一吧？先來兩杯黃啤！欸，你們要嗎？他們這裡的啤酒現釀的，很新鮮。」

「景色真不錯！」美佳一望出窗外，便捨不得把視線移開。

「我說吧，看外灘風景，這間餐廳是一絕，隔江望回去，更清楚！」恆瑞的啤酒來了，他灌下一大口，「嘩，真痛快！」

「我聽你爸說這裡也是台灣人投資的？」郭母問。

「沒錯，就是那家賣肥皂的呀！」恆瑞眨眨眼，「到了對岸，賣起啤酒來了，在這兒餐飲業做得很成功，賺了不少。」

「那麼大一家化工企業，怎麼說人家是賣肥皂的！」

「我就是記得小時候，家裡都是用他們的肥皂啊！」恆瑞轉頭對相親失敗的對象笑笑，「李小姐，明天要回台灣，最後一天去哪裡逛了？」

「襄陽市場。買了幾個包包皮件回去送人。」

恆瑞笑了，「不錯吧？那種地方呀，滿地都是仿冒品，樂趣就在怎麼挑到一個最像的，回去可以跟朋友炫耀——說看我特地幫你找的，仿得真的很像吧！有日本客人來，我也會帶他們去，別看這些人全身上下都要名牌，看到假貨也很興奮呢！」

大家都笑了。「噢，快沒了呢，再幾個月就要拆了，要買趁現在。」

「要拆？為什麼？」

恆瑞聳聳肩，「你想想看，這市場成了一個地方指標，重大觀光名勝，日本歐洲的電視台都來採訪、拍紀錄片，這邊政府怎麼跟人交代，說有在改進仿冒盜版的情形？就拆吧，實際行動表示真的在取締了，其實是有財團看好這塊地皮要開發。」

「以後真的就沒了嗎？」

「怎麼可能！只不過被打散，流竄到別的地方去了——這裡的人還沒進化到不用仿冒品的地步。」

美佳原先擔心她表哥的大嗓門，那麼旁若無人地批評，是否會引起周遭不悅；還好他們來得早，隔壁幾桌空著，鄰近伺候的幾位服務員，都生著褐色的異國面孔。「安啦，都是菲律賓人，說英語的，聽不懂啦。」恆瑞說，「等一下還有菲律賓樂隊演奏哦！」

他笑，「不是我說，在這兒懂得賣老上海情調的，不只上海人。」

化妝室裡，美佳無意瞥見隔壁洗手台前有個熟悉的身影，她仔細從前方鏡台一瞧，認出是「上海美饌」看到的藍洋裝女孩。第一次近眼看她，只見對方一件桃紅絲衫印得滿滿的各色蝴蝶，配上天藍的低腰褲，這樣的藍想必是她青睞的顏色。美佳想起香港免稅店曾經看過，同樣大打上海俗豔風情的復古流行品牌，但這般濃麗迫人的打扮，不知怎的在她身上就是好看，連腰間那條墜著大片水晶的鏈子，愈是誇張的厚重閃爍，愈是顯得她腰肢纖細不盈一握。上海女人果真是天生麗質嗎？看她臉上未施多少脂粉，卻是天然白皙；絕色雖然算不上，卻也眉目如畫。

小霜洗好就著微潤的手，稍稍順了順髮絲，看見背後那個女孩還盯著鏡裡的她瞧，不禁回首問道：「有事嗎？」

「沒有。」她臉上浮起了紅暈，「對不起，因為……你這件衣服很好看，可以問在哪裡買的嗎？」

小霜微笑著，從皮包裡掏出名片，「請多指教。這是我們 JoJo Li 這季的新款式，可以到我們恆隆廣場的精品店來看。同樣的花色還有做洋裝，靛藍色的，蝴蝶襯得很亮，我覺得更適合你，可以配黑水晶的細腰帶。你來我幫你介紹，有好幾款你穿了會很好看。」她湊進美佳的耳畔低語，「我給你特別折扣，可別說出去。」

她走了，被她抓過的臂膀還殘留著蘭花的香水味，像是撲翅而去的彩蝶，留下一點晶瑩的蝶粉。美佳回到大廳，遠遠還瞄到那個桃紅淺青的婀娜身影，但她不再以目光尾隨，就怕瞧見在另一端等著她的那個人是柯特——如果她沒想錯的話。

「真的很高興再見到你！」衡山路的紅牆邊法國梧桐下，柯特一次次地重複著，他笑的時候眼角已經有很深的痕，像是梧桐分歧的枝枒一路延伸下來，在朦朧的暮色中，漸次融進咖啡杯倒映的樹影裡。對他的真誠，美佳沒有一絲懷疑，也知道不會再見面了。

「美佳，什麼時候回台灣？」姨母的問題把她從冥思中打醒。

「表弟婚禮過後吧。我把機票延了，想休息一下，也許附近走走看看。台灣那個工作已經辭了，正好趁這個機會散散心。」

「辭了？為什麼？」

「你找到下一個了嗎？」

她搖頭，「沒有，回去再找。做得有點疲乏，想換跑道了，順便休息一下再出發。」

她看到姨母和表哥交換了個眼神，「我跟你恆瑞表哥前幾天還在說，要從台灣再找個人過來呢！這裡都不能信任，一不看緊就偷就騙，沒有自己人，怎麼也不放心。你要不要乾脆留下來幫你表哥？」

「對啊，」恆瑞也開口了，「本來辦公室裡有個台灣人，後來他這邊做熟了，私底下還接 case，上班打混，對客戶也隨隨便便應付，看看實在不行，就請他走路。愈來愈覺得不方便，有些事不太放心讓這裡的人經手。」

看她遲疑，恆瑞又說了，「反正你閒著也是閒著，要不要先試試看？就當是幫我。我們辦公室租了兩層，第二層做展示室，裡面還有一間小套房，瓦斯爐跟浴室都有的，本來我有時加班會在那裡休息，現在公寓就在附近，幾乎都不用，你可以住那裡，房子都不用找。」

「是啊，」姨母再開口，「本來我就說那邊整理整理給美佳住，你這麼客氣，你表哥在上海還自己找旅館，浪費錢！」

「借住幾天就算了，長期住下來真的是不好意思，水電瓦斯總是有開銷，至少讓我負擔點租金……」

「自己人還這麼客氣，所以說找你真是對的，天上掉下來的都沒這麼好。」

「媽，你不說我還沒想到。美佳英文好，貿易的業務又熟，國外的客戶可以幫我接洽。我們那兒現在還有個法國人，你不是學過法文嗎？還可以跟他講那個嘰哩呱啦的法國話。」

「學著玩的，早就忘了，」美佳有點難為情，「公司裡請了法國人啊？」她很好奇。

恆瑞得意地笑，「在這裡落難的老法，他那個公司一直賠錢做不下去了，丟了他撤回總部去，是我收容他的。」

一直沒說話的李小姐這時指著窗外，「看！好大的廣告螢幕！」

遊船如織的黃浦江上又駛來一艘，載著的不是興奮地望穿外灘夜景的遊客，而是一個巨大的液晶螢幕，沿江緩緩而上的時候，慢慢地展示推銷的內容。

「那是最新的廣告方式，船開過去的時候，兩岸都可以看得很清楚，」美佳聽見表哥的聲音這麼說著，「效果很好呢！」

她看著「歡迎蒞臨上海」的字樣，在兩排旗袍麗人擁簇下捲開，化成外灘的堅石高樓，東方明珠的拙稚俗麗，南京路的步行天堂，法租界的紅樓梧桐，餐桌上的山珍海味，賣店裡的絲綢藝品，泳池裡恣意享樂的洋人男女。螢幕上變幻的細密粒子帶著無比的磁性，把所有人的眼光吸了過來，緊緊黏著不放。航空公司、液晶電視、酒樓、旅館的廣告接次輪替，背景裡表哥插進來的聲音，竟也顯得如此悠揚，「美佳，就這麼說定囉！」

「恆瑞，我們明天就走，你可要好好照顧她。」姨母的聲音搭住那個語尾，畫下一個沉穩的休止符。液晶幕暗了幾秒鐘，又再度亮起。

130
Who's Who
2908 8111

第四章

港仔

靜安寺
南京西路
蘇州河畔
浦東機場
靜安公園

130
Exclusive for the City's
Who's Who
Kennedy Town
Enquiry : 2908 8111

靜安寺

李香生從衛星頻道看日本人拍的文革紀錄片，印象最深的一幕是紅衛兵拆掉全聚德的招牌，摜了在地上猛踩。

在香港從事餐飲業多年，對於烤鴨名店的劫難，多少比較敏感一點，而九七年的金融風暴，也讓他嘗到同樣的切膚之痛。公寓的房貸還沒付清，房價卻那麼驚心動魄地猛跌，賠錢也脫不了手，不只是房子，連人都覺得很不值錢。熟識裡有人經營高檔餐廳，撐不住頹勢倒了，於是他得以安慰自己，還好當時沒有投資，當人的差不過看老闆臉色，不是看錢的臉色難過。

二〇〇一年的股災，他就沒法這麼輕鬆了。還是想不開要自己當老闆，找了幾位朋友合資，開張沒幾個月就遇上九一一和股市再度崩盤，餐廳慘澹經營也就罷了，有兩個股東竟然捲款潛逃，躲到內地不知什麼地方逍遙去了。在家消沉一陣子，妻子的情義終也為家計的重擔磨淡，從來都覺得香港太小太窄，那一時刻，更是悶得喘不過氣來。

不是什麼語言天才，但李香生還是能說上好幾種話。他的英文勉勉強強，也沒啥不好，代表殖民統治其實從未深入香港，有外國客人來，他的口音和有限的字彙反而親切，像是觀光局廣告中永不過時的舢板，落日裡緩緩划過朱紅波濤起伏的南中國海，帶有西方人憧憬的東方情趣。

回歸前拖長的焦慮期裡，他把普通話修補到縱不算字正腔圓、也頗有可觀的地步，心裡明白沒有移民，就必須這麼辦。他們家隨著時代遷徙過一次，再走並不是那麼難的事，但是父母親年紀大，不想再動了，就看著辦吧，反正在美國的大姊和姊夫，早就把二老的綠卡準備好，真待不下去再說。

在他決定去上海之前，父母從北京到廣州兜了一回，走訪還遺留在內地的親族故舊，然後滿意地說，完成最後一趟大旅程，要真有萬一，也可以安心地走了。回來以後，已經長久習於粵式烹調跟廣東話的母親，拾起遺落已久的記憶，輔以上海的弟弟傳授的食譜，洗手再作滬上羹湯。戰亂顛簸流離，從上海到香港的記憶，並不屬於香生，但是烤麩、蔥燒鯽魚出現在餐桌上，依稀喚起模糊的童年回憶——曾有短暫的時刻，母親也烹調過這般色濃味甜的料理，什麼時候開始轉為粵菜，就想不起來了。

有了飲食的記憶，語言也不再困難，畢竟用的都是同一個舌頭。在香港出生，粵語雖是他的母語，但伴隨著早期老抽蜜糖用得兇、口味下得重的飲食印象，朦朧之間，也混雜了大人們上海話交談的稀薄影子，要重新拾起，竟比想像中容易。親友都誇他上海話了得，他自己明白還是有口音，唬唬自己人罷了，就像外地人講廣東話，再怎麼流利，港人聽了就是不對勁。不過要應付新的工作需求，當是綽綽有餘，所冀望的，就是與上海這隔了一層的血緣關係，多少能為他帶來好處，比起其他魚貫湧入滬城覬覦厚利的人，再多一點競爭力。親舅舅就在上海，不啻給他一顆定心丸，在起跑點就已經領先了。

這天下午休息時間，香生出了「上海美饌」往前走，跟靜安公園門口兜售的小販買了包炒山胡桃，公園裡蓮花池畔找了個座位坐下，就剝起來了。母親第一次從上海回香港，也買了一些特色零嘴，說這個奶油椒鹽山胡桃她做女孩子的時候頂愛吃，後來在香港怎麼找也找不到，現在吃得到了，牙齒也壞得差不多，嚼不動了。

一到上海，香生首先去拜訪舅舅。出了靜安寺地鐵站，他按照指示找上華山路，邊走邊打量，瞧著夾道蓊鬱的法國梧桐、清雅的洋樓，微笑不覺浮上嘴角，真如母親所言，這個舅舅在上海混得挺不錯。地址領著他停在一棟磚紅大宅前，於是他滿懷期待地按下門鈴。

他後來才知道，上海許多外面看來美侖美奐的洋房古建築，被資本家拋下，在之後的居民們毫不吝惜地使用耗費下，往往難以為繼：歲月創造歷史價值，也能輕易將之損耗殆盡。但那時的他，還沒有這樣的心理準備。踏進那棟洋樓的瞬間，已經習慣了香港窄小公寓現代化電梯裝設的他，看著天花板下潮霉滴漏的水管，磨損程度勝似廟宇門檻那千人跨萬人踩的旋梯台階，著實愣了一下。上樓拐了個彎，舅舅從搖椅裡晃著跟他招手，房裡還有好幾個人在，老有人進進出出，那扇門開了又關，關了又開——有人打了水來倒進面盆裡，仔細洗刮著腳；有人持著電視劇裡才有的老式聽筒，嘰嘰咕咕地笑著聊著；有人從外面走道嚷進來，大叔，下面有人找；一會兒隔壁抽水馬桶的沖水聲，響得整層樓板都在震動……

舅舅說，我們家以前在這兒是望族，知道嗎？改革開放以後他回來看，本來的大房子當然早就沒了，在這裡意外遇見當年的幾個老鄰居、老朋友，很熱心地給他留了一個床位，讓他回來有地方住。舅舅在澳洲、北美洲都有兒女，平常也是雲遊四海，這邊住住那邊住住，「但還是老早窩裡好，現在上海發展得老好，蠻好，有機會就想回來多蹲蹲。」

香生想著那人聲沸騰的房子，心下有些懷疑。走過「靜安麵包房」前，舅舅停了下來，「格地方五點鐘以後點心打八折，阿拉去看看伐。」說著已經領頭進去了，「儂一定要去試試看掰只奶油蛋糕，伊拉的做法是英國寧傳下來的，伐要特正宗噢。」香生看著偌大的玻璃櫃，百分之八九十都是奶油蛋糕，式樣單一大小不等，滿櫥子厚重潔淨的雪白鮮奶油，讓整個店面都亮了起來，有一種拙稚的天真。那大概是上個世紀的祖母們做女孩子時候所鍾愛的，殖民者來了又去了，這家店竟能全然無視於外面的時尚變遷騷動，固守著殖民者所留下來的口味與記憶；在今日花俏精巧點心掛帥的趨勢下，它那古板樸實的造型並不討喜，但有一點年紀的人看了，多少覺得窩心吧。舅舅笑吟吟地聽他吩咐包了兩塊，在櫃檯搶先幫他付了。這種好地方，只有老上海知道的，他聽舅舅滿意地喃喃自語。

「往埃面邊看，公園埃面頭房子格後面，看到了伐？」他沿著舅舅手指的方向看過去，「埃面邊老早才是阿拉格。阿拉窩里相原來是上海望族，伐要忘記特，看仔細。阿拉祖籍了了寧波，曾祖那一代才了了上海。儂看埃面一片，阿拉窩裡就是從埃的開始。再過去到常德路高頭的常德公寓，老早叫愛丁頓公寓，儂有個爺叔就住了對面，跟張愛玲做鄰居的！」

香生把嗑下的山胡桃殼包起來，扔進垃圾桶裡，站起身來。他現在望過去的方向，就是當年舅舅指給他看過，他們家發跡的地方。「改革開放之後，好多嘢都唔同啦，聽講被共產黨佔走嘅，可以同國家攞補償。」那時母親說著，眼睛亮了起來，「你係上海，好好打聽吓。我地屋企係上海有好多產業，攞番一Ｄ，都唔係小數目！」

他恨恨地把剩下不多的炒胡桃，一個個丟進池裡，旁邊有人瞅了一眼，連眼皮都懶得抬一下。要什麼呢？去他的望族大戶！他在這兒幫人當差了好幾年，還是不上不下，有一搭沒一搭地過日子。父親是當慣了大少爺的性子，到了香港一輩子也改不過來，別指望他多有出息了，錢到手上花得有剩才是奇事；而他千金之軀的母親，再怎麼不願，也只有放下小姐的身段，委屈著自己打點一切，那雙細嫩的手在操持之中，逐漸粗大了起來，直著喉嚨講那外人聽來像吆喝的廣東話，也漸成自然。若不是他想來上海發展，在她心裡已經斷了很久的一絲懸念，也不會再被挑起。

最後一個胡桃殼丟偏了，打中前面椅子上的年輕女子。她輕喊了一聲，回轉過頭來。

「真對不起，咦？」對方抬起一雙羞澀而清亮的眼，迷惑著，他想起即將邁入青春期的女兒，長大了也該是這個模樣，「我們見過面嗎？」

這不只是搭訕的台詞。做餐廳領班這行練出來的好眼力，讓他相信的確看過這名女子，他稍作思索，「您是跟郭先生一道的，是吧？上回在上海美饌有幸為您服務，」他熟練地遞出名片，「李香生，您多指教。」就像許多努力講標準普通話的外來人口，他語中總有斧鑿的痕跡，比如那個太刻意太頻繁的「您」。

美佳想起那個講起話來帶著輕微香港口音的餐廳領班，微笑著，「李先生記性真好。」

香生低頭瞧見攤開在椅子上的素描，「在公園裡寫生嗎？您畫得真好。這張可以給我嗎？」

美佳忙不迭地推辭著，她見天氣好出來公園走走，一時手癢，就著皮包裡的記事本畫了起來，雖然大學時代是繪畫社的，多年的荒廢筆法早就生疏了，她無法相信這素昧平生的人，是真心要這張塗鴉，心底被挑起的一點微薄虛榮，很快又習慣性地壓抑下去。

對方堅持著，「您太謙虛了，我真的很喜歡這個景，這張請您一定要割愛，」見美佳開始動搖，半推半就地，他不由分說，把那圖從簿子裡撕走，「這樣吧，下次您來上海美饌，我免費招待您幾味精緻小菜，給您做個補償吧。」他半開玩笑地，在給了她的名片上寫著，欠小菜數品。

美佳無可置信地目送對方離去，不覺莞爾；即使這只是招攬生意的新手法，好奇心作祟的人，還是無法不再度光顧這家餐廳吧。

香生的眼看不出筆法高低，也不知道畫得是好是壞。透過那鉛筆簡單勾勒出的模糊輪廓，他看到母親與舅舅傳承下來的憧憬與執念：越過前方的蓮池綠蔭和車水馬龍，隱沒在法國梧桐之後，那本應屬於他們的宅院。

他把那張圖輕輕摺起，放進上衣的口袋。

香生在枕邊嘰嘰咕咕的隱笑聲，以及身體自然的反應裡醒來。果真是累壞了，從衛生間出來，頭一沾枕就不省人事；睜開眼依稀有點浮光掠影晃過，但究竟夢見什麼，也不記得了。

他一把抓住女孩，「別鬧了，等會兒還要上工。」

「反正你就是在那裡盯人喊人，端盤子忙進忙出的，還不是我們？」她放開含在嘴裡的傢伙，「我都沒喊累，你有什麼好說的？」

他把被單掀開，看小真專心一志地吮著，忍禁不住了，他會滿意地閉上眼喘著氣，但大半時刻他喜歡睜大眼睛，看女人伏在他胯前，那樣卑屈迎合地咂著自己的陽具，鬱積的悶氣隨那個動作去了，很快就舒展。剛開始小真有時會調過身來，把自己的陰戶媚在他眼前邀寵，後來知道他情願和她對面，一臉著迷地看她如何操作，也就順著他了。

妻子在他離開香港之時，也差不多恩斷義絕，差的只是還沒簽那紙離婚書而已。她帶著女兒搬出去，之後有些閒言閒語，說是跟匯豐銀行上班的朝哥有曖昧情事；香生想了就搖頭，這朝哥真不夠意思，虧自己還把他當兄弟看，當時朝哥大力贊成他到內地發展，原來就是這樣的居心。

SARS 爆發那一陣子，父母在美國，無礙，掛心的就只有女兒。愁雲慘霧席捲全港，死亡數字逐日攀升，電視螢幕上一個個戴口罩的影子，那樣肅穆沉重，一雙雙眼睛寫滿對不可知的畏懼，只能在遠方觀看的人，充滿攸關生命的無力與無奈。在這當口，張國榮從東方文華高樓一躍而下，伶人宜男宜女的妖異容姿，化為慘絕的自由落體，那瞬間凝聚了所有得不到宣洩的驚惶與積鬱，霎時哀嚎遍野，全香港都為死亡赤裸裸的猙獰面目震懾，無助地嘶喊哭泣著。

有一天女兒自己打電話來了：「爹地，我覺得我好似快死了。」她的聲音裡帶著濃厚的鼻音，說幾句就咳兩聲，最後跟他告別，還老成地要他別難過，真讓人不忍。掛了電話，他真想立刻衝到機場去，那個衝動一過，現實的壓力又回來了。有那麼多資金在流轉、那麼多外商進駐，上海可不能出事，進出管制異常嚴格地執行；老闆不可能這時候讓他走，若無其事地任他隔離檢疫、啥事不幹，更別說要是讓客人知道，餐廳裡有人從疫區回來，那生意還要做嗎？跟他估計得不差，女兒其實沒事，她像大多數驚弓之鳥的港人，一點小風寒，就覺得自己染上人人色變的疫疾，只能坐以待斃。

香生在痙攣之中闔上眼。從眼簾縫隙裡，他看到小真那個無限放大的臉，「泡杯茶，來配你這走了味的牛奶吧！」她笑嘻嘻地，舔掉唇邊一點乳白的餘漬。

她走到門口那個矮桌前，撕開茶包過熱水的時候，不知咕噥些什麼，他沒有聽清楚。

「你說什麼？」

「我說，那女人以為自己釣到大魚，跩了。」

「誰？」

「葉小霜啊，上次來我們餐廳，穿藍洋裝的，大半個奶子露外頭，在洋鬼子面前招搖，你不記得？」

「你說那個普通話講得不錯的美國人，上次帶的那個女的，對不對？」

「可不是！她可得意了，」小真忿忿地，「以前在美林閣的時候，見了人都說我是她妹子，可親熱了，你看那天我上菜給他們，理都不理人。」

他想起郭恆瑞也帶她來吃過幾次飯，有一回還跟了一票人，多是精品店上班的小姐們，鶯鶯燕燕的，捧得恆瑞得意洋洋，以為在後宮了。女孩中有幾個姿色不錯，也有些雖然機靈，可還脫不了弄堂小妹的尖刻相。來回幾次，他大約知道手腕最高的，還是那個叫小霜的女孩，把恆瑞逗得像是肉骨頭當前的狼狗，又算計好恰恰吊在牠吃不到的高度，讓牠口水猛流，卻一點法子也沒有。那美國佬就更不用說了，之前他跟別人來過，但最近都是這女孩，上海女人真是一個比一個美、一個比一個狠，在眾人虎視眈眈之下，能穩住這麼漂亮的獵物，的確有她一手。

小真絮絮叨叨唸個沒完，香生面無表情地聽，心裡這麼想著，那是人家有本事，誰像你端盤子從這家餐廳端到那家餐廳。是你，別說外商主管，就怕那些教英文當幌子、騙吃騙喝的下三濫鬼佬也釣不上，他咬了咬嘴唇，笑了。小真以為得到認同，就著他那個鄙夷的笑容，講得更起勁。

午餐到晚餐間休息三小時，朝夕相處又百無聊賴的男女，就這麼勾搭上了，趁著休息時間出來開房間。這女孩不是太靈光，這也是她的好處。香生偶爾瞧見她仗著一點勢，對其他女服務員逞能放話，他裝著沒看到，轉身吩咐助理去管她們。她膽子小，張揚也不敢太囂張，所以用不著擔心她惹大麻煩；被削了面子悶著，給她一點小甜頭，她很快就忘了。但她也很快就忘了教訓，又神氣起來，所以這個小把戲要週而復始，隔一陣子就得循環一次。

有一回晚上收工以後，他看到小真趁著收拾剩餘，招呼長相憨厚的男人，邊吃邊打包，跟管廚房的小馬略有口角，見了他訕訕地笑，他皺皺眉頭使個眼色，要他們別動那些醃了準備明天用的嗆蟹。第二天午休他們又溜出來，小真比平時更是邪淫火熱，事後問她，說男人回鄉下去了，他伸指掐她的乳頭，惹得她咯咯笑。她乳頭大乳暈深又闊，伏在他身上奶蹄子大氣地抖動，哺乳動物的屬性十足。若是香港女人，多半會去整型弄得秀氣粉嫩些吧。那乳頭在他手裡脹得更大，渾圓硬挺，彈丸般烏溜溜打著轉，兩只大奶子，就那麼沉甸甸在他眼前晃，他剛入這行時賣的做法粗糙用料實在的家鄉菜，恍然在腦海浮現，她猛地撲過來，壓倒了那個殘像，害他傍晚空著肚子回去上工時，腿還是軟的。

「喂，你聽著嗎？」她給他倒了杯茶，再沖上一泡，『喲，這是什麼？』她眼尖瞄見他衣袋裡突出個紙頭，拉了出來，一不留神手上的茶碗潑了，淋個正著。他拾起那張溼漉漉的素描，那天公園裡回來後就忘了拿出來。小真低著頭，「晾了就乾了，跟新的一樣。」她討好地傻笑。

那紙還溼答答地滴水。他看著眼前這個女人，突然覺得厭了。

恆瑞他們進來時正好過了晚餐潮，吃宵夜的時間還沒到，人聲稍歇，他的大嗓門聽得格外清楚：「小李子！給我們弄幾隻大閘蟹！」

聽到叫小李子，有幾個忍住笑，只見香生沉著臉，轉頭笑容滿面地迎上去。「今天到昆山廠，順道去買了幾隻螃蟹，給我們弄來吃吧！」跟在恆瑞後面的助手小劉把蟹交給他，「那邊幫人燒蟹的小店都不敢領教，不認識的還可能掉包給你假貨！」

那蟹殼上雖然也有模有樣燒了認證號碼，香生一看就知道蟹毛是染黃的，即使到了陽澄湖，沒有門路照樣買回假蟹。他吩咐拿進廚房去，「可不是，您眼力好，這幾隻選得好，如假包換。」他陪著笑，「幫您蒸個半透，就肉心生嫩嫩的，沾桂花醋吃，可以嗎？」他幫他們安排座位，「留幾隻醃起來，明天來吃嗆蟹？」

恆瑞搖頭，「不了，全下了吧。」

他幫他們配了菜才走開，旁邊那幾個小的已經蠢蠢欲動，想搶上去伺候——大家都知道小郭先生帶了女客，喝了酒，小費就給得特別大方。

在靜安公園裡寫生的小姐也來了，坐在恆瑞旁邊，看見他只是點頭微笑，沒有提「精美小菜」的事。

「你們認識？」恆瑞問。

「表哥，你忘記了？上次我們來，曾經見過這位李先生。」她一字不提在公園巧遇的事。

所以他們不是情人。香生心裡鬆了一口氣，連兩次看見她跟郭恆瑞一同出現，讓他開始猜測這兩人的關係。還好，否則真是浪費，一朵好花白白糟蹋了。

助理小劉之前接觸過幾次，是恆瑞交代來訂位或是外帶，他從沒看見他跟恆瑞同桌，小劉的得意見諸於色，就像穿了件稍稍嫌緊的新衣服，氣色都亮起來了，可是舉手迴身還是小心翼翼，不大習慣。尤其恆瑞一出聲，他又回復成那個寒衣篳縷的小弟。

座上還有一個綠眼睛的鬼佬，也見過，記得是法國公司派來的，真是很久沒看到了。去年他常來，都有不同的女伴，後來消失了好一陣子，今天是這麼久之後，頭一次回籠，看來人很不一樣。外表上變化不大，反正就是跑不掉那張討女人喜歡的俊臉，模樣或許清瘦了些，主要是去年那個意氣風發的神色，已經不見了，眼睛裡的光黯淡了不少，餘灰裡有點火星子慢吞吞地燒，還沒有滅盡。恆瑞叫他法比恩，小姐稱他法比揚，小劉說杜先生，開口談的就是公司業務；看這個樣子他不是他們的外國客戶，八成出了變故，只得來為這個台灣人做事。怪不得氣燄都沒了。

他聽見杵在柱子後面兩個服務員吱吱喳喳，八成也在閒話這桌的事，便要他們閉了嘴，少磕牙多做事。正說著，恆瑞那邊驀地大聲起來，只見法國人低了頭不語，小姐說了什麼緩頰，幫她表哥夾了菜，要大家趁熱吃。

香生聽過法國有一種特別珍貴的雞種，從沒嚐過，聽說香港有人引進和本地烏骨雞雜交配種，也不知成果如何。他知道的是那雞號稱把三色法國國旗披在身上——鮮紅的冠羽，雪白的身子，靛藍的雞爪。放養在翠綠的原野上，昂著頭翹著尾，快樂地覓著豐饒土地裡的蟲子，這般如畫的景致，到了餐桌上，不變成絕世的佳餚也難。

現在他看到的法國雞，頭冠也斑駁了，垂首縮尾，羽毛爪子上都沾了汙泥，鬥志失了大半，卻還死不了心。莫說他人，這可不也是他自己的寫照嗎？他嘆了口氣，又重展笑顏，迎接新進來的客人。

蘇州河畔

上個世紀末，台灣建築師登琨艷來到上海，腳步停駐在蘇州河畔。

百年來，這裡以優越的條件匯集無數紅頂商人，供給上海大半的物資，都從這兒的碼頭卸下，九大銀行兩大錢莊都在此建庫屯貨，極盛的二、三〇年代，蘇州河兩岸各色倉庫廠子林立，華洋資本勢力互為睥睨。

河岸商旅交通由盛而衰，繁華之時帶來的汙染，倒是不含糊地留下來了。在政府終於痛下重金，整治漆黑的河水之際，登琨艷租下一個據說是當年杜月笙糧倉的廢倉庫，以他一貫翻修老建築為前衛空間的手法，打造個人工作室。藝術家亦絡繹不絕地湧入，驚豔於這些舊倉庫的魅力潛力與低廉的租金，蘇州河畔很快就有了上百個工作室、畫廊、藝術空間，儼然蔚為上海的蘇活區；河水的墨色與惡臭逐日淡去，蘇州河也多少恢復了些許旖旎風情，虧了它，這裡比紐約蘇活更有味道，哪個有靈性的城市少得了一條秀媚的河川呢？

但這裡也免不了步上蘇活的後塵。藝術家的眼發掘了沒落區的無限可能性，腳步快的企業建商馬上跟進，地皮炒起來了，附庸風雅的人士搬了進來，親水華廈、水上公園春筍般冒出，窮藝術家只得黯然退出；那邊那棟倉庫即將面臨大卸八塊的命運，好讓遊河人士有個泊船的碼頭，與它相依數載的藝術家，惶惶然開始尋覓新畫室，一邊含淚誓言與它相守至最後；對面那幾個倉庫在有心有力人士奔走之下，終於逃過挖土機夷鏟的命運，想當然耳，裡面的藝術家還是要搬，精品店時尚餐廳設計廣告藝術經紀公司已經看好地方了。二〇一〇年的世博會，這裡必然要是個花木扶疏、臨水而立的觀光重點，似乎成了最高的集體意志。

蘇活也好，蘇州河岸也好，對那些眼光獨具的藝術家來說，先驅者無可奈何的宿命，就是自己的先見總讓後來者得利，共產當政也好，資本主義也好，並沒有多少差別。

香生走進河岸那棟三層樓高的倉庫，比原先估計慢了一刻鐘。來的路上，遠遠瞧見了目的那棟磚紅暗灰織出蛇紋的建築，方整樸緻似他們帶來切好的桂花軟糕，才安下心，驀地發現眼前擋了座小山，那卸下來的瓦礫堆就橫在半截倉庫前，上層去了，斧鑿著洋行名號的石牌，已削去大半。一樓窗口探出個頭來，看見他們的車，搖搖頭，「繞回去繞回去，肯定過不去的呀！」

瓦礫堆上有個孩子，不曉得撿著什麼提起來，附近的人都圍了過來，窗口那人大喝，要小子放下，迴車要走了，還聽他們爭個不休。

繞了一大圈誤了時間，香生心裡多少不快，當然是提早出門，再加緊腳步也絕對來得及，只不過他對這次外燴太勢在必得，每個細節都要做到毫無瑕疵，所以難免患得患失，就擔心兆頭不對，出師不利。

說起來，老闆不太重視外燴的業務。是他看請了那麼多服務員，不忙的時候都杵在偌大的店面裡稱排場，不多做利用也是可惜，何況做外燴成本低、利潤和廣告效果俱佳。難的，是那做得一手老式上海菜的大廚，腦筋跟他的食譜一樣死板，道地、口味好，就是沒有變化，要他再多花心思，為外燴點心做設計，就更不用說了。二廚以前在「避風塘」幹過，能弄上些港式小點、茶餐廳那種華洋雜混的絕活，跟他商量研究，開發了一些亦中亦西、雜交合璧、滬上香江南北交融的時髦點心，連斜著眼在旁邊看的大廚，都不情願地承認，這些不三不四的玩意兒，味道倒還不差。他想著哪天要離開「上海美饌」，該把這二廚也一起帶走，他年紀輕可塑性高，再調教一下，就是個出色的台柱。

「上海美饌」是他來到上海的第二家餐廳，跟上一個一樣，都是正在成長的連鎖店。國營老字號他根本沒門道，也沒興趣；制度已經建立得很完整的，大多操在上海人手裡；正在學習的，特別給台灣人、香港人空間，借重他們長久經營服務業的心得，弄出一套能順利運作、貼心伺候人的法則。抓準了潮流風尚，到差不多的時候，總有個上海人會出現，搶了這些外地人的位子。跟上海人打交道做生意，沒有吃虧就是佔便宜，上海人太習慣總有外來勢力想貪點好處，也總想盡辦法把甜頭留給自己人。最終，香生還是想著有自己的地方，能信任的一批人，不須從這間餐廳跳到那間餐廳，跟那些端盤子的比起來，又高尚多少了？但是資金還沒著落，前一個餐廳那般的惡性循環，已經開始啟動：老闆安插了一個表親做他助理，說是分擔工作，其實就是要把他的招式都學盡了，再請他走路。今天到這邊，餐廳就落在那小人手裡，讓那幾個上海人暗自盤算，有他沒他有多少差別，想了總是不舒坦。不來又不行，透過老主顧匯豐銀行的謝副總，才好不容易拿下他們贊助的這個藝展開幕酒會，不親自坐鎮他實在不放心，要是匯豐那些貴人到場沒見著他，心裡或許不踏實。

從後門進去，卸下東西、指揮他們整理安置，他繞到前面，巡視酒會場地。上次來時，想著或許裝潢尚未完成，但是今天看到的，仍是差不多的光景，光裸的四壁依舊磚牆下展開的粗糙水泥地，老倉庫的痕跡隨處可見，也不打算去遮掩。二樓打掉一半，整個空間像座挑高的樓中樓，沒拆掉的那一半地板鑲了圈黑鐵的護欄，收成迴旋梯蜿蜒而下；天花板垂下盞長燈，帶著西洋吊燈水晶流竄的華麗氣勢，仔細一看，卻是一縷縷抽長的銀絲絨線，嵌著無數細密的小燈泡，半瞇著眼從縫裡偷覷出來；壁上空無一物，只有入口側的那面牆有字，貼上了展覽內容和贊助廠商商標，在場中，一條條鋼絲穿地而出，鈎爪抓牢了框架，硬是把一幅幅畫固定在視線的上方。

香生對於藝術的鑑賞能力，不出於擬真寫實的地步，畫得像的就是畫得好的，顏色鮮豔又好過陰鬱的，看不懂的他也不會勉強自己，人生苦短，何必呢？對著眼前的幻境他愣了一愣，接著慶幸今天帶來的是素淨的白盤，在這樣的空間托著福祿壽禧的碟子，豈不晦氣？他覺得白盤上「上海美饌」的紅篆方塊字，都顯得土氣了。

時候接近，開始有人入場，他便要他們端著香檳果汁上來。「看客人進來，先給他們一杯，步伐穩了，不要板著臉，微笑，微笑，再微笑。」

最後那句話，主要是針對小真。再怎麼遲鈍，她畢竟察覺了他最近的刻意冷淡、拉開距離。她沒有大哭大鬧的本錢，就擺著一張死人臉給他看，也夠了，他嘆口氣，窩邊草真是不要隨便吃。要不是今天連有好幾個服務員掛病號，放心帶得出場的，算來算去沒幾個，原來根本不想帶她來的。他咧嘴露出招牌微笑，看著他們一個個應回來，輪到小真了，若無其事地停留片刻，看她那張臉掙扎著扭曲著，終於笑了，滑里滑稽得有點醜，但陰霾都不見了。

「樓上記得去，客人會上去逛，別爬那個窄階梯，當心摔了盤子，那邊有電梯呀！」他抬頭瞥見一個熟悉的身影，逕自走了上去。

見了一次很平常，二次是巧合，第三次就是有緣了。「王小姐，來看展覽？」

美佳沒有回答，她專注於眼前牆板上的巨幅作品。那其實是一百幅攝影輸出拼出來的，方方正正貼滿了整面牆，每張都是一棟建築，有局部、有全景、有的是正面、有的從斜角照過去、有些有人在裡面、有些空蕩蕩孤零零、有的在挖土機凌虐下一點點的萎縮、有的昂然矗立而前景堪憂、有鳳檐雕廊、有石瓦灰牆、有紅磚洋樓、有陋巷暗溝、有朽木糞土之牆、有時烈日當空、也有黃昏西下，不變的是畫面裡都有一個「拆」字，貼著、漆上、烙在房子身上。香生想起來時的路上，也看到不少這樣的景觀。

「李先生，剛才在跟我說話嗎？」美佳轉過頭來對他微笑，「真對不起，我沒有注意到。」她又回到那百拆圖上，「真怵目驚心，不是嗎？這樣的事情到處都在發生，可是要有人把它收集起來放在一起，那個視覺效果還是很震撼的。」

「您說得沒錯，」香生點頭，「要拍到一百張個個不一樣的拆遷照片，真是不容易。」

「這就是藝術的作用吧！如果直接跟我們說要保護古蹟，效果可能沒這麼好，真的把一百個拆字放在眼前，那個訊息比什麼都強烈的。您看這麼漂亮的房子，一個拆字就永遠不見了啊！」

香生頷首而笑，「王小姐要是到了我們這年紀，恐怕會更明白，逝去的美好事物不再回來，那種惋惜的心情吧！」

她臉上泛起了淡淡的紅暈，「您說笑了，您看來並不……」她像是斟酌著用詞，到最後卻也覺得不接下去得好。

「王小姐對藝術欣賞有興趣嗎？」香生自動換了話題。

「我是來看這個場地的，我們公司可能聯合一些客戶，在這兒辦新品發表，請模特兒來走秀，我跟同事來看看合不合適。」美佳似乎有些靦腆，「同事還沒來，我自己隨便看看，現代藝術我懂得真的不多。」

樓下逐漸人聲沸騰，他低頭瞧見滙豐謝副總跟幾個不認識的人，在門口簽名絹上題字，只得跟美佳告退，趕忙迎了上去。

謝副總接過他遞上的香檳，介紹著剛才從銀行貴賓室一塊過來的GE公司龐副總裁伉儷、BMW大中華區的南總經理和兩位女公子、他們自己公共關係部的黃經理、放款部的趙經理，香生忙不迭握手、遞名片，一邊招呼服務員飛快送上水酒點心。

「一口的蝦鬆，真有你的。」服務員小心翼翼地在餐紙上墊了一個小巧玲瓏的生菜包，呈給謝副總，香生馬上對她使了個讚許的眼神。「做得不錯，所以說交給你是對的。」

香生從下一個服務員手上接過蟹粉蘆筍塔，親自奉上去，「多虧您不嫌棄，還請多多關照，有空常來我們那兒。」香生笑著，對著旁邊的洋人，把話用英語重複一次。

畫廊老闆帶幾位藝術家過來，握手寒暄之中，香生順勢而退，繞場看了一下，吩咐遇著了混進來撈吃撈喝的遊民，盤子托高，假裝沒看到轉身避開。交代了幾件事，遠遠看見美佳藍綠色的裙子，在角落銅雕前微微飄著，身邊有個赭色西裝的高個子，俯身在她耳邊不知嘀咕什麼，看不清楚他的臉，正想走過去，那人竟扶著她的肩到門口，一瞬間就融進漸次暗下的天色裡。

他緩步上了二樓，見謝副總落了單，正端詳著那幅百拆圖。

「真唔錯，」他頻頻點頭，「以前覺得舊嘢拆咗好，搵我地貸款，起更新更靚嘅大樓。現在不知不覺就會懷念一D老東西，想留低佢地，人年紀大囉！」

「您真係鍾意講笑，您好後生，好有衝勁嘅！不過您講得係啦，好似我地上環西環，有好多好有味道嘅老地方，唔係一棟摩天大樓可以取代囉。」

「香生，你打算在上海美饌留多幾耐？」謝副總轉過身來面對著他，鏡片後的眼神格外銳利。

離得最近的服務員，也在聽得到他們對話的範圍之外。他說話的時候都聽得見自己的心跳聲，「靠您提拔囉，副總。」

「似你咁樣嘅角色，唔應該埋沒，你個老闆……」謝副總低聲笑了笑，「上海佬靠唔住，我地自己人唔幫，幫邊個？」他把語調再放低，「文華嘅張董想投資餐飲，搵我地匯豐調頭寸，呢件事你唔好講先——渣打果邊新來嘅，規矩都唔識，生意搶得好兇吓。

總之講到餐飲，需要好手，我即刻唸到你。」他笑吟吟拍拍他的肩，香生心裡估計著，八成謝副總自己也有投資，不只是單純的銀行放款。他聽著謝副總約略描述新公司的方針，不單搞一家餐廳一個連鎖，要做的是整套規畫輔導的顧問服務，協助想進這個市場的新手、或者想改善營運的業者，心裡也熱起來了。

被一百個拆字環繞著，叮叮噹噹卸磚瓦敲牆頭的聲響，在香生耳邊迴盪著，拆掉的像是他晦氣的過往，馬上就要大興土木，蓋起飛黃騰達的樓閣，「上海美饌」和之前低頭他人屋簷下的日子已然過去，他望著新的美食殿堂裡意氣風發的自己，不覺笑開了，拎了杯香檳敬過去。

浦東機場

香生的好心情在女兒出了關，閘門邊左顧右盼，看到他了，於是邁開腳步，向他奔來的那一刻，達到極點。

還是很難相信他的小公主開始脫胎換骨，那個嫵媚的小女人手姿已經藏不住了——他懷疑自己到底多久沒見到她，怎麼這會兒工夫，她的胸部已然隆起，粉嫩嫩地從線衫領口挺出渾圓的一塊（他皺著眉，想著定要提醒她，不要穿領口挖這麼低的，都讓人看光了）；腰身也出來了，那臀部的弧度把裙子撐得真好，不過裙子還是太短，大腿露了一大截，真不像話。

「爹地，你太保守囉！」女兒嘟著嘴，撇開了頭裝作不理他，但還是把領口往上拉高了點。「去坐磁浮列車啦，好啦！」她興高采烈地奔向剪票口。

要是平常，香生一定要她省下這筆不切實際的花費，貴又到不了市中心，還得再掏腰包換車，遠不如機場交通車方便實惠；而他今天二話不說，只是點頭掏出鈔票，讓她去買車票。

才來玩一個禮拜，不曉得她為什麼帶上兩口大皮箱。女兒嘻皮笑臉地，說衣服配件包包總要搭配，隨便也就塞了一箱，再多帶上一個，自己買了東西還是要送人的禮物，才帶得回去呀。

她的興奮自然地感染了他。香港地小人稠，窄小的空間住得人積鬱難解，年年報告顯示港男性能力低落，縱使不是敬陪世界末座，也相差不遠，跟這樣幽閉伸展不開的空間格局，想必大有關聯。他記得自己第一次到內地，也是這樣左顧右瞧，只見人多是多，但地實在大，視野都開闊起來，住起來就不那麼悶了吧！那時是這麼想的。

到了上海，租賃的單人公寓，果真比以前一家子住的地方還大，可是悶不悶，環境佔其一，心境也佔了其一。香港小，熱帶的海水卻比什麼都藍，離島青翠蓊鬱，雲起了輕輕巧巧捲在晴空裡，這樣的風景，不是鎮日煙濛濛、江水黃滾滾的上海能想像的。還要感謝英國人走前來個臨別秋波，給香港留下一個氣派的赤鱲角新機場，這樣的門面，比起張牙舞爪的浦東機場毫不遜色，不至於讓日漸跋扈的上海人，樣樣都看扁了。一樣是殖民者，英國人還是比葡萄牙人高一著，不像澳門除了賭場，就只有幾條南歐風的瓷磚步道。

整年無休，女兒來了只請兩天假，其他的時候都是她一個人，俐落地挾著旅遊書四處跑，午休時拉著老爸喝下午茶，或是等他收了工，一起去腳底按摩。對於大多數不捨晝夜、急拓財源的台港商人來說，僅存的時間裡負擔得起的紓壓活動，當然是按摩，久了，不免提升為他們最佳也是唯一的休閒娛樂。女兒來了，每個禮拜的例行公事自然增色不少，有些事果真是獨樂不如眾樂。

第一次帶她去按摩中心，只見她歡欣鼓舞地臥進大通間的躺椅，在他來得及吐口氣，心滿意足地，把這整天的疲勞煙圈般一口呼出之前，她已經好奇孜孜地左右張望——鄰座削下一層又一層的腳皮，教她不可置信地瞪大了眼；前排伴著推拿節奏，傳來規律起伏的哀嚎聲，惹得她忍不住探頭偷覷，低聲嘀咕道，真有那麼痛嗎？那邊的客人，趁著倒茶的女服務員俯身之際，湊前望進乳溝裡去，那伸舌賊眼猥笑之狀，還好沒讓她看到。

「你女兒嗎？」扳著他趾節那個大眼睛的女孩，看他藏不住的一臉笑意，討好地問了，「小姐長得真漂亮，活活潑潑的，你真有福氣呀！」

女兒不好意思，笑了，「哪裡，你也很漂亮啊！」

「我不漂亮的，」女孩當下推辭，見兩人的目光落在她身上，抿著嘴咕咕地笑，再一次推辭，「我哪兒漂亮了，我們人粗命也粗，混口飯吃，哪能比，你說笑了。」她擦掉多餘的按摩霜，拿熱毛巾替他搗著，幫女兒按摩那個女孩捏著她小腿肚，一言不發，只是低頭輕笑，香生估計那女孩的人氣小費，鐵定比他跟前這個差。

「真的，您看我這手臂，粗得像冬瓜，」話一出，鄰近男男女女的按摩師傅都笑了，

「手指頭也粗，就賺辛苦錢的模樣。剛來的時候，每天晚上收工回去，躺在床上，那兩條手臂不知放哪兒好，怎麼放怎麼疼啊，睡都睡不好。」

她輕嘆一口氣，聲息極是低微，旁邊那一雙雙使勁捏著搓著的手臂，像是聽到了，輕輕地回應著，香生感覺到按著他的指頭微微抽了一下，「還有大拇指，腫得痛得……都不像是自己的。」她說完笑笑，像是說著別人的事那樣不經心，面容那樣開朗燦爛，在幽暗的室內瑩起些許微光，卻也照出了年輕的臉龐上，已經過早出現的細紋。

「你們做一個客人賺多少？」香生聽著女兒問。

「客人付一百塊我們抽十五塊。生意好，笑的是老闆，分店一家家地開，手疼啊是因為數鈔票，不像我們，」女兒臉上滿溢著驚異之情，顯見這個數字之低超乎她想像，那多話的女孩又接著說，「我們從外地來，老闆供我們地方住，給幾塊錢吃飯，還要教按摩認穴點啊，扣到後來算一算，就是一百塊我們拿十五塊。給我們的吃不了什麼東西，又吃不慣，就大家出錢租個小廚房，一起搭伙，輪流燒飯，好一點。這也花錢，可是沒辦法，飯吃不好沒力氣呀！大家分攤，好一點。」她捏著香生的腳，「先生，這個力道可以嗎？不夠儘管跟我說，我力氣大，別看我個兒小。」看香生點頭，她很起勁地，「我們這兒男師傅，個個都說，看你力氣這樣大，以後誰敢娶你？吵架打起來了，老公都打不過你，可慘囉！」又是一陣大笑。

女兒動了一下，他聽見那個沉默的按摩師傅問，力道是否要加強？她遲疑片刻，搖著頭，輕聲地，「這樣就好，謝謝。」

家裡縱然沒有過那樣多的閒錢，可以把她慣得啣著金湯匙銀湯匙似的，也是自小捧在掌心呵護，捨不得她受半點委屈——她大概從來無法想像，自己還有一搭沒一搭地唸書、抱怨、吵著要錢，眼前這幾個年紀比她大不了幾歲的女孩子，卻是鎮日在昏暗的房間裡出勞力，從資方的剝削中拚命多掙幾個錢，懷著回沖了好幾次的茶那樣淡薄的憧憬，卑微地過著日子。

女兒似乎開了口，低聲跟她面前那個問著話，只是他自己眼前這個大嗓門的，還絮叨叨地說著笑，便聽不清她們到底講了什麼。只覺她語氣裡少了點任性，多了一分溫柔。

女兒長大了。他滿意地闔上眼。

但香生隱隱覺得什麼地方不對勁。女兒打電話說要來，人已經在香港機場了，就等著坐飛機過來。他忙著安排能否從餐廳抽身去接她，沒有追究怎麼這麼突然，也不早點告知；看到她更是高興得忘了，也沒想太多。

那天女兒跟他說改了機票，晚一個禮拜回去，他覺得奇怪，問她學校怎麼辦，休假早結束了。

「同老師講好，無問題嘅。缺幾日課，我帶埋作業嚟寫囉，OK 啦。」她撒著嬌，「大家都知你係上海，我難得嚟一次，當然住多幾日囉。」再多問，她又嘟起嘴鬧著，說想多陪陪爹地又不對了。

他嘆著氣，雖然沒跟老婆離婚，目前的狀況跟單親家庭沒有兩樣，孩子夾在漸行漸遠的父母之間，要不彆扭也很難。許久未見，以為女兒比較成熟了，看來未必如是，她找各種理由黏著他，也是因為平常少有相處的機會吧。

他正想著她在香港的母親怎麼如此悶不吭聲，隔天妻子打電話來，劈頭就罵誘拐，搞得他一頭霧水。

女兒並沒有跟老師告假，同學們也沒人知道她去哪兒了，連親娘都瞞著，那天等不到她回家，還急得報了警。是後來有鄰居說看到她，帶了兩口皮箱到街頭，好像是要叫車，這才讓她想到機場，想到上海。她也留意到抽屜裡備用的現金，整疊都不見了。

話機那頭歇斯底里，指控他唆使女兒出走，連偷錢這種下三濫的招數都使得出來。插不進半句話，哭罵聲愈加震人耳膜，香生沒得閒去聽，便掛了電話。

「上海美饌」正是最忙碌的時刻，香生眼前飛梭交織著疾行的服務員與高低起落的菜盤，各色氣息亂針糾結隔空叫囂，底部襯著野火般蔓延騰燒的人聲與食慾，女兒的事一閃而入在他心頭攪著，打翻了糊成一團，混得不明不白，口味層次都翻轉了過來。

整幅亂中有緻的飲宴圖，隨著突然切入的尖聲攔腰割斷，他的思緒與廳堂中的紛擾霎時空白——先來的有著尖利淒楚之勢，顯見是人類承受極大痛苦的悲鳴，接著是陶器落地碎裂之聲，以及隨之而起的若干詫異驚嚇的細碎聲息。原有的沸騰喧囂中斷幾秒之後再續，急速升高，所有轉動的頭兒軀體，都指向哀號的來源，被傾覆的蟹黃豆腐鍋淋個正著的那位女士。香生銳利的眼在錯亂之中，卻沒有遺漏了快步跑開的那個身影。

靜安公園

「睇到無？對面法國梧桐樹嘅後面，係我地以前住嘅地方。」香生帶著女兒來到靜安公園邊，把上一輩的偏執與想望，不痛不癢地再傳給下一代。

蟹黃砂鍋的慘劇那個晚上，百般善後筋疲力盡地回到家裡，女兒竟跑得不見蹤影，留了話說去杭州找朋友玩，兩天後回來。時機挑得太巧，像是明白自己扯下的謊言，多半被揭穿，刻意避風頭去了。分隔數載，她已變成自己識不得的小惡魔嗎？重逢之初縮短的距離，彷彿又瞬間拉開了。

妻子三不五十就電話叫陣，威脅到上海找人把帳算清了，卻始終沒有付諸行動。女兒回來之後，也還沒機會、不知怎麼開口問她這事。

「啊，你講咩野？」女兒不知問了什麼，再重複一次，他還是沒聽清楚，「爹地，你心不在焉呀！」她踮起腳尖觸著他額頭，「好多皺紋，咩事咁煩惱呀？」

的確有很多事傷神。那天肇事開溜的服務員竟是小真。從蘇州河畔的倉庫藝廊回來沒多久，他就下手砍掉一批表現不佳的服務員，其中包括以為他又回心轉意的小真。名單是他開的，執行當然交給副手，遣散這種吃力不討好的工作，能交給那專好發號使令，卻搞不清狀況的上海小子，再好不過，他大可扮著白臉，慈眉善目送他們走。

小真並無失職，但她最好離開，他心裡很清楚。要她走的決定讓別人發布，再由他惋惜地敷衍幾句，允諾她從優推薦，這就是好聚好散。所以那不是鬧事個性的小真竟然從容歸來，把整鍋滾泡滋滋作響的湯汁，近乎冷血地澆在客人身上，實在讓人難以置信。

趕到受害人桌前，小真早已逃離現場。那可憐的女人臉上沒有半點血色，半條胳膊一隻大腿都遭了殃，聽說原本正對著旁邊那女孩，但她手腳真夠快，一閃一退一推，端鍋的人岔了手，反而是坐在她旁邊那女的倒楣，平白挨了半鍋，縱是斜著潑濺的，還是燙得結結實實。香生立下傳喚冰塊，趕緊給燙傷的客人急救，抬眼瞧見那個剛逃過一劫、在一側驚魂未定的女子，就是上回來店裡的藍洋裝上海女孩——那冤家路窄，直讓小真恨得牙癢癢的小霜——當下心裡有了點譜，她身邊正是那個普通話字正腔圓的藍眼鬼佬，同桌還有個頭髮梳得一般油亮的上海男人，祭出市委書記的名號，要他們走著瞧。

小真腳底抹了什麼樣的油，跑得這麼快，而離了職的她怎麼能穿著制服，混進場來，都大可深究。老闆對這些恩怨瑣碎了無興趣——就心疼著便宜的不砸，偏偏賠了個高檔的蟹黃魚翅還加上那整桌酒席，醫藥費幫人家付了不打緊，要死不死沒傷到無關緊要的人，竟讓市委書記夫人姨母表親夫婿的姪女掛彩，更何況那時還料不到，這不可一世的市委書記也有黯然下台的一天，更何況對方揚言之後的皮膚修護美容費用，也全部掛在他們頭上……

肇事的人跑了，找得到找不到還在未知數，總有人要負責，自然是監督不嚴的香生他了，扣了他的薪資以為警示，多少該連帶懲處的助理安然無事，氣焰反倒更盛，連底下那些人看著他時，彷若都帶著訕笑之意，在在增加他的難堪。張董的餐飲顧問公司那邊，雖然那時謝副總說得十拿九穩，卻仍要過好幾輪的面試，下禮拜第三回合，有確信的結果出現之前，「上海美饌」裡怎麼難熬，還是得忍。

「呢度唔錯，我地入去囉。」看他沒反應，女兒拉著他的手直往前走。

不知不覺又到了蓮池之前，女兒伸手指的，是家依水而立的時髦餐廳，烏黑漆亮的木簷，捲著以惡魔犄角之勢翻飛翹高的瓦尖，一塵不染的大片落地玻璃，望進園中假山假水，在色彩印花繁複的南洋沙龍裡，服務員端了藤盤往來穿梭，遞上一杯杯冒著熱氣的咖啡，那笑靨麗如杯柄上交纏的鮮嫩蘭花。

被女兒引領的腳步先是慢了下來，然後完全停滯不前。女兒疑惑著轉身看他，隨著他的視線也望向窗前——入口前那片落地窗，最是引人注目的焦點，安排了這麼一對上相的璧人上座，顯見服務人員的用心，讓他們在那兒當活廣告招攬客人。她不明白老爹為何盯著人家猛瞧，卻遲遲不推門進去。

香生心裡極不是滋味。坐在郭恆瑞表妹對面的，居然是那個長腿的法國鬼佬，氣色好多了，眼睛也神采奕奕，起勁地不知說著什麼。他見那王小姐臉上帶笑，微微地點著頭；家教好的女孩就是這樣，禮貌總是周到。

像是要粉碎他的迷思，那法國佬愈說愈興奮，竟抓起小姐的手握著，王小姐顯是嚇了一跳，頓了一下，才把手從對方掌握中抽出來，臉上似乎泛起些許紅暈，但沒有不悅之色。

如果他們之間還沒有什麼，看這個態勢，也將要有什麼發生了吧。再怎麼不願，香生那充分理性務實的個性，不容易去欺瞞自己。

但他還是有些感傷。已經沒有譜的事情，去追究絕對不上算的；對這位小姐是否曾經或還存留著若有似無的情愫，去想是沒什麼意思的，他也不願意再傷這個神。感嘆的，是他生命裡美好的事物，總那麼輕易悄悄流逝，不留蹤跡；而那些個鬼佬，又是何德何能，似乎不費吹灰之力，就有令人豔羨的好運氣。他心裡又暗歎一口氣，到他這個年紀，也已經懶得抱怨天地不仁了。

「爹地，走啦！」女兒使出一點蠻力，硬著要拖他進去。

「我地去第二間。」他轉身要走。

「我好鍾意呢間，氣氛唔係好好咩？」

「我地去第二間！」他甩開女兒纏擾不休的身段，聲量陡然高了起來。

女兒愣住了。他趁勢接口，「你任性咩，攞你媽咪嘅錢，唔講聲就走，我地係咁樣教你咩？學校又唔去，係咪想做飛女？你……」一開罵了就無法住口，連他自己都很驚訝，管教女兒向來是妻子在做的，他只出一張討人喜歡的白臉。在這一刻，像是跳脫了自身，隔了一段距離，看著那個厲聲不止的自己，言辭愈是熱辣，心裡愈形清冷；女兒啞著嘴，一踉蹌，彷彿都站不穩了，他便把她拉到旁邊公園板凳上，讓樹影略略蔭住她潮紅的臉。

「我唔返香港，我可唔可以同你住？」女兒眼淚終於掉下來了，「我好乖㗎，我會好好讀書，唔會煩你。」她撲到他身上大聲啼泣著。

香生拍著她，嘆了口氣，「唔係所有嘢都似你唸，我……」他支吾著，「我未安頓好。」

「你已經安頓好幾年啦。」女兒語氣更是悲戚。

香生一語不發。

「我唔返香港。」女兒再重複一次，聲音因哽咽而模糊，卻異常堅定。

半晌，她擤了擤鼻子，吸了口氣，告訴他最匪夷所思的一些情事。香生聽著她說，媽媽的朋友朝叔常來，有時住上好幾天也不走。他老喜歡逗她，講些不三不四的笑話，不理他，以為他會自己覺得沒趣，他卻藉故動手動腳的。好幾次了，換衣服都剛好被撞見，還有一次浴室門沒鎖好，突地被打開，他說要上廁所，幸好還沒脫衣服洗澡……

香生覺得血液在瞬間凝結。「我同媽咪講，她話我太神經，胡思亂想……」女兒把頭埋在他胸口，襯衫那一塊，很快就被新的淚痕濡溼。

他撫著女兒的頭髮，想著一個前途未卜的男人，帶著女兒要如何在上海立身，心情實在無法輕鬆。手機響了，又是她失職的母親，他隨手便掛了對方電話。再響了幾次，都任它去，手機最終才沉默了。

在盤升的怒氣裡，他試著思考怎麼處理女兒的問題。留在香港遲早會出事，也不適合把女兒丟給年事已高的父母。如果去美國呢？姊姊是否願意尚未可知，在那個教育高度資本化的國家，金錢上也愈來愈會是個負擔，而且讓她走那麼遠，也真是捨不得。

「我同你一齊，好唔好？」女兒從他懷裡抬起頭來，可憐兮兮地問。

仰望著他那雙為淚水模糊的眼愈發清亮，一瞬間又與那無緣女子的面孔重疊；但她眼底盈滿的疑慮，把他再拉回現實，女兒在等他的回答。

有一天她會明白，不是生命裡所有的問題，都能找到答案。在此刻，他的心情突然輕鬆了，解不開的事且不去想，日子過了再說。他微笑看著懷裡的寶貝，她的眼淚乾了，正滿臉疑惑看著他。

至少他確定了，並不是所有美好的事物，都逐步離他而去。

第五章

上海姑爺

城隍廟

「上海開車愈來愈難，你瞧，」出租車駛過的窄巷，一排停過一排夾了三四層的夾心車陣，只留下轉圜不易的一條隙縫，卡在內層的車怕得插了翅才脫得了身，「這不是亂停，都合法，大樓一直蓋，車子一直增加，停車場就那些，擺不下只能這麼擱，說好的。」師傅搖頭，「上海發展得太快，其他的都跟不上。」出租車跟著前頭水洩不通的車海慢了下來，瞬時喇叭聲大作，哪裡催得來？於是一輛輛無可奈何地，牛步邁過「與文明同行，做可愛的上海人」看板，籠在後面拆遷的煙塵裡，「小姐，前面讓你下，過不去啦，可以吧？」師傅把車停在包了鷹架的商廈前，「走進去小拐直走就到了。」

但美佳還是拐錯了彎，迷了方向，走出豫園城隍廟景區，落入拱住豫園那一環環大大小小的商圈外圍。一路行去，甚囂塵上，繁華卻悄然凋零，夾道房舍斑斑駁駁道不盡的悽楚滄桑，市井小民頑強的生命力，從牆縫磚角道旁溝渠裡悍然竄出，恰如那些總是被無情壓抑磨折，卻也柔韌難摧的小草。高大的「上海老街」牌坊就在眼前，比起豫園後面那排整整齊齊光鮮亮麗、給觀光客賞玩的上海老街店面，不曉得隔了多少塵世，原來這才是真正的上海老街。

在這裡，古老的幽魂安安靜靜凝滯著，讓位給十元包包、兩塊錢雜貨、手機通話卡、領巾手帕的商販。偶爾在店家釘的簡陋招牌、拉下一截的鐵捲門、「本日大特價」標紙、擴聲器攬客吆喝聲之上，會浮現那麼一塊車煙與歲月燻得焦黑的木牌匾——德記洋行、錦榮布莊、銅仁坊、采月軒——再往上，二樓窗口有雙烏溜溜的小眼睛，從半張臉大的藍飯碗後邊透出來，骨碌碌轉著看人。做母親的在露台欄杆邊不知咕噥著什麼，一邊把吊滿了衣衫床單的竹竿仔細伸出去，懸住半條街，迎風顫巍巍地，任車水馬龍底下穿。翻飛的烏黑瓦檐，百年來看了多少主人來來去去，總是默默為他們擋著江南煙雨；底下鑲的那圈縷紋元寶瓦當掉了幾塊，缺處掛個內衣架，絲襪小褲旁邊，冷不防勾了一串醃過的小魚一道風乾。

黏膩鹹羶的氣息，從斜角那家醃臘鋪子飄來，一排肉鈎下閃動的十幾隻金華火腿，肉簾般垂在鋪子前，掩映店家低頭秤肉的臉，有遊人掏出相機對準櫃檯上一疊疊封好的真空臘肉包、一座座散裝臘腸香腸的小山、一塊塊鹽封豬肩豬腿；有熟客挑起紅白分明的腴美肉條，剝開濡潤了凝脂的鹽晶，細細看過紋理，再吩咐店家削薄打包。後方爭執聲起，一回頭，映入眼簾的竟是詩裡牧童遙指的那種杏花村酒家，門口的黃泥紅字酒罈已經風景無限，再望進店裡，隱約可見長板凳上，就著茴香豆醬牛肉大碗喝酒的好漢，吩咐要店小二錫壺溫了酒來；惹了麻煩的是那幾只排出騎樓的酒罈，說了半天，城管還是不肯，夥計便臭著臉一個個扛進去。

問好了路，美佳轉身而回，街上機車腳踏車接連呼嘯而過，如入無人之境，驚險鏡頭不斷，卻也安然無事，偶有幾聲車鈴尖嚎，幾個急閃的身影，點在飛揚的沙塵裡。沿途相伴的烏瓦粉牆，在街道乍寬之處硬生生截斷，拆卸下來的殘骸仍堆在現場，像隻斷尾逃生的蜥蜴，追過來的推土機碾過還扭動的棄尾，很快地，它就會停止生命的悸動，也會忘記曾有的創痛，最後的記憶付諸來來往往載走殘磚碎瓦的卡車。前方不遠處，在隆隆聲中浮現一排排中西合璧的紅白小樓房，沒什麼特色，倒也不難看，一路過去，新漆刺鼻的味道濃得化不開，過幾天好好打理一番，又是一戶戶乾淨體面的金店面，縱然比不上緊臨九曲橋湖心亭那些倚飛檐畫樓、賣逸雅風流的商家，拜這區遊人絡繹不絕之賜，能撿得它們牙縫塞不下的生意，也就夠了。穿過成排繡花拖鞋、串珠提包、絲衫、枕頭套、檀香扇、牛角梳、五香豆、梨糖膏、蕾絲陽傘、景泰藍瓶、鑲貝漆盒、熱水燙開又涼掉的手工捲花苞茶，美佳駐足豫園對面那家Starbucks，望著前面騎樓下排隊等南翔小籠包的人潮，那繞了好幾圈還擺不下的蜿蜒長蛇，一路堵進巷口裡。

舅舅他們原說好要抽空來上海，教人家延了好幾次婚期，才說還是算了，你們自己先去公證吧。於是表弟這樁一個月網交定情，五天上海遊定終身的姻緣，看著秋風起了又止，枯葉終於落盡了，還是好事多磨，盼到最後，在滬的男方親屬，始終只有恆瑞表哥跟美佳表姊。

恆瑞表哥很堅定地以公忙回絕，不克參加結褵任何活動，不管是公證典禮還是當晚的婚宴，「上海台商很忙的呀，你們都知道，賺錢真不容易的。」喜歡給人出主意的他，要美佳也依樣畫葫蘆，「不用不好意思，找不出理由，我可以派你出公差，整天都不在。你聽過要結親家，男方只來一個新郎的嗎？一定有問題，這麼重要的事情，父母親都不出面，表哥表姊攪和什麼？別搶著去做大嬸婆，到時候有事，都是你倒楣。」

表弟一通通電話來催，未婚妻在一旁婉言傾訴，說對表姊仰慕已久，一定要約時間見個面，馬上就是親戚了呀！不好回絕的，倒不是這些甜言蜜語，福元表弟曾經是她小時候很要好的玩伴，後來搬到嘉義去了，便漸漸失去連絡，算算有十幾年沒見，就算她跟恆瑞表哥同樣對表弟的婚事存著疑慮，也不可能拒人於千里之外，見都不見上一面。

「哎呀，遲到了，對表姊真不好意思。」清脆的女聲還在耳邊，對方已經親熱地扣住她的手臂，「表姊怎麼不進去坐，盡站這兒吹冷風。」

福元表弟那張娃娃臉沒有什麼變，以前是小胖弟，現在的他也沒瘦多少，還好個子夠高，看來挺厚壯，不顯肥，小平頭下的笑臉憨憨的，像廣告裡推銷跌打損傷運功散、強筋健體大力丸的男孩；身邊的上海女孩十分嬌小，個頭只到他腋下，臉蛋白白淨淨，小鼻子上撒了幾點雀斑，五官很是平板，圓圓的小嘴怎麼噘還是扁，那張臉像只白麵糰包子，微微突起的小尖上點了幾顆芝麻，下方蓋了店家的硃砂印記為誌，蒸起來熱呼呼軟綿綿的，光看就讓人心口暖。這樣的女孩子，是女人最放心結交的手帕交，看來厚道沒心機，長得又不妖不嬈，不至於搶了姊妹淘的鋒頭；早些年聽說表弟自許風流，挑女朋友又要漂亮又要身材好，讓媒人們傷透了腦筋，最後討了潘紅這樣的老婆，不免讓美佳訝異，不知真是愛情盲目，還是有些男人找女朋友和找老婆的標準不同。

點好飲料，果如預期，爆發搶著付錢的鈔票拉鋸戰，這是喝過一點洋墨水、寧可各付各帳的美佳一向最頭痛的，不過她還是奮力搶到帳單，沒有失去表姊的顏面；她的福元表弟閒雲野鶴似的，在這場戰事裡完全置身事外，那還沒過門的媳婦反倒爭得兇，還不時回頭使眼色求救兵，但她的廖福元全無反應、毫不在意，反正有人付錢就好，不管誰都沒關係。

一坐定，潘紅頂了頂福元的手肘，他還沒會過意來，她低聲地，「你給表姊的……？拿出來呀！」

「喔對，」他遲疑了一下，把紅提袋裝的禮物呈上來，「潘紅說要送你的。」

潘紅臉微微泛紅，「不是什麼好東西，表姊別嫌棄，這兒的小玩意兒，做個紀念。」

她從袋子裡取出刺繡香包跟裝口紅的錦緞鏡盒。

美佳推辭著，「怎麼這麼客氣，不用送我禮物……」福元在一旁插嘴，「我也說跟你很熟，不送也沒關係，潘紅說不行，過來之前匆匆去買，所以才遲到。」

這些小禮物附近很多土產店都有，美佳眼前浮現兩人氣急敗壞地衝進店裡，買了再衝向Starbucks的畫面，不覺莞爾。眼見潘紅瞪了表弟一眼，她技巧性地移開視線，假裝沒看到，「那真謝謝你了，這麼費心。」

「應該的，看到表姊真是高興，畢竟表姊啊，是我見到第一位他的親人吶！」

「你看，我跟你說過了，潘紅很想認識你呢！」福元說完呵呵地笑，很是自得。

美佳的不自在，很快為詫異所取代。即使潘紅沒有刻意強調「第一位親人」那幾個字，關於兩人之事，男方家長自始至終的冷漠態度對新娘子的打擊，從她話中那股酸勁裡流露出來，壓根都不想藏住；本以為福元是打哈哈要矇混過去，但看他的反應，真是沒聽出對方的弦外之音。福元笑開而瞇起來的眼角，有了淺淺的細紋，又隨即淡去，那圓墩墩紅潤潤的臉頰，同他幼時一樣討喜；歲月的確在他臉上留下些許痕跡，卻似乎沒能拉著他一起成長，他與當年那個單純不解世事的小男孩沒差多少，而這個小男孩就要娶妻成家了。

說起來，儘管年紀並不小，福元確實從未在外面世界裡打滾栽過觔斗，也不知是幸還是不幸。舅父舅母為了栽培寶貝兒子，著實地費心，靠著他們在教育界良好的關係，福元總能進入名校就學，卻很難順利地念完，留級、轉科系、換學校成為家常便飯，就這麼折騰著，他的大學比別人花了多幾倍的時間去讀，所學也五花八門多采多姿，到底畢業沒有也沒人曉得，但他還真厲害，竟也進研究所深造去了。聽恆瑞說，問他研究什麼指導教授是誰，半天說不清楚，還怪表哥刻意刁難。「指望他老爸活到一百二十歲，照顧他一輩子吧，」這是恆瑞的結論，「要他出去找工作也不知要做什麼，能做什麼。」聽說就是整天閒在家裡上網打電玩找人聊天，才在無數的網友中邂逅了潘紅，這讓他理直氣壯地，可以為每月上萬的網路費用辯護——就是為了這個命運的相遇啊。

福元興高采烈地談起去年的歐洲之行，「青年旅社真的很好玩，可以遇到來自不同國家的人，跟他們交換意見，美佳你有機會也應該試試。」

「表姊出差，肯定住五星級飯店，別說了，讓人笑話。」潘紅又捏他一把，眼中滿是溺愛之情，注意到美佳看她，有些靦腆，「你看他多好玩。哪，我們結了婚到台灣，我是不能工作的，全靠你了。」她又開著玩笑，「還是我們留在上海，你可以去當公安吶，你這麼壯，特威風。」

福元的闊嘴又笑咧了，「美佳你看，結婚很好吧。你也要趕快找對象啊！要不要我們幫你介紹？叫潘紅幫你找個上海老公。」

「欸，表姊，上海男人好，溫柔體貼，還燒飯給你吃。」

話題馬上轉到他們的公證儀式和（因公婆不克參加而從簡辦理的）婚宴，以及那一票將會共襄盛舉的上海親戚。美佳拚命地推辭，對於這一段不知是否受到祝福的姻緣，她是感到同情的，但也不敢貿然隻身出現，成為席間唯一的男方親族代表。來回攻防，實在難擋潘紅哀兵之勢，她放出個模糊的承諾，小心翼翼不說得太滿，到時要回絕，也不至於太僵。

離開咖啡館，她再繞過成排雕花窗櫺朱顏黛瓦的店鋪，往城隍廟走去。入口處迎接善男信女的是個車屁股，大方駛進去的黑頭座車佔住了中心通道，讓往來行人都得閃邊而入，這樣豪邁的氣勢，又不見城管來開罰單，可見不是尋常百姓，不能依常理評斷。繞了過去，城隍廟素淨屋瓦上的漆黑蟠龍就在眼前，殿內好幾人高的金身神像，在煙雲之後依稀可見，腳步卻被門檻前的欄杆和票亭攔了下來。她愣了一下，到寺廟參拜，捐點香油錢，她是理解的，但是入場和進香都由國家統一收費管理，真是不太習慣，無怪這裡民間信仰，比起國族崇拜，好像相對淡泊。

她還是付費進去，也買了一束香，在繚繞的香煙中祝禱著，潘紅的話又在耳邊響起，「表姊逛過城隍廟嗎？既然來了要不去看看，那兒還不錯。」

「去拜一拜吧，很靈的唷，」福元插嘴，「潘紅帶我去，我那時就許願讓她做我老婆，真的有求必應，我已經回去還願了呢。」潘紅在旁邊嬌笑。「潘紅有個死黨叫小霜，跟一個美國人交往大半年也沒進展，我就說要她來這裡拜拜，很快就有好結果。」

「哎，小霜不信這一套，人家心裡自有主意，誰要你在這兒瞎攪和。」

裊裊煙雲纏著昔人舊事，一點點往上盤升，漸次消失在凜著幾分寒意的碧空之下。手持著香，美佳心裡浮現幾分模糊的憧憬，承認了有所不甘，否決了又是不捨，於是悄悄把它和悠然細燒的香火，一併納入包容了無數癡心誠意的香爐裡。

上了網，一眼就瞧見潘紅在線上，她閒著沒事，一聊起來好幾個小時也無法罷休，小霜今晚還有些事要處理，不想在這時被逮著，趕緊掛出離線牌。還是慢了，潘紅已經傳來第一個簡訊，看著自己的問候石沉大海，她倒也沒再追究，反正中國這邊網路不穩，突然斷線也不是稀奇的事，都可以了解的。

嫁到台灣好幾個月了，潘紅的日子很是寫意，家不可能要她養，家務也不用她操持，唯一的任務，就是舒舒服服把肚子養大，幫他們廖家添個小壯丁。

據說恆瑞母親在他們婚前曾善意來訪，委婉勸阻這段兩岸姻緣，說上海女人懶惰出名，「絕對不會幫你燒飯洗衣，就是『賢慧』——閒在家裡什麼都不會——等人家伺候，這樣的媳婦，娶來幹什麼？」她那未來婆婆的回話，直讓郭母啞口無言：「我就喜歡煮飯，我高興燒給她吃，我不在乎啊！我們家洗衣機好用得很，也不用她動手。」聽說跟著去的郭家表妹在旁邊打圓場，陪著笑說那好那好，不過婚姻大事總是謹慎為宜，不要急著辦，「不如舅舅舅媽陪福元表哥去上海，幫他好好看看，出出主意。」

結果潘紅未來的公公一句話，又把那母子二人震懾住了：「不用看了，我兒子的眼光不會錯的。」

講給小霜聽的時候，潘紅喜孜孜的，那兩老沒走一趟上海拜訪新結親家，沒在重要場合出席給他們作足面子的不滿，好像這麼一沖也就淡了，小霜便笑笑不說什麼。「但是伊媽媽燒的飯真難吃，台灣寧口味淡，沒醬油啊沒糖，鹽啊伐捨得放，啥個味道都沒。」飯菜不香也就罷了，最受不了的，是婆婆在院子陽台栽種的那些苦味怪味蔬菜香料，拿來煎煮、炒蛋、煨湯，甚至烘焙糕點也亂加一把。婆婆對自己土法煉鋼獨創的生機養身飲食，甚為自豪，還在社區活動中心開班授課，匪夷所思的，是居然大受歡迎。

潘紅到台灣以後，他們也擺了兩桌昭告親朋好友，小霜收到她寄來的照片，只見潘紅身著粉色洋裝與客人敬酒奉糖，那衣服未免素淨太過，少了點新嫁娘的喜氣。說到這事，潘紅還無法釋懷，本來打算買件體體面面的小禮服，風風光光地亮相，福元他媽卻說準備好了不要費事，熱心地量她的身說幫她改，拿出來一看，那血紅的旗袍鍛面繡上龍鳳吉祥，肩頭外帶半副霞披，串著亮片珠子的流蘇，舉手投足一顫顫地，稍微一碰，彷彿揉碎桃花紅滿地，粉妝玉琢的山頭就要崩下來了——怕是媒人婆也不穿這麼保守的行頭。潘紅於是在試身時暗暗拿戒子一勾，扯出一長羽鳳尾的金銀線，腰間縫線也綳開了。她好言稱讚媽媽年輕時身材真好，她腰沒那麼細，撐壞了不說，還粗手粗腳，好東西給她也浪費了。做婆婆的看著當年出閣的回憶，就這麼硬生生糟蹋，心裡真是不捨，看在媳婦懂事的份上，也就罷了；一急找不到什麼好貨色，潘紅便從自己皮箱裡，胡亂尋件過得去的充數。

請客的地方在自宅前，酒席擺進不甚寬的巷內，反正神明以外，辦喜事喪事的最大，把路堵住了也無妨。那天下雨，搭起了帆布棚，觥籌交錯的席次後邊，隱隱約約透出一排平房，約莫兩層樓高，一棟緊連著一棟，跟潘紅說的獨立花園洋房頗有出入——或許花園有的，只是在後院沒看見；也算是獨棟，只不過跟鄰居息氣相聞罷了。有幾張照到巷子盡頭的，露出小小一隅高腳的椰子檳榔樹，那點熱帶風情籠在細雨陰霾之中，積鬱著不散。

真是鄉下，小霜想著，甚至還不是土財主。有別的妹子嫁到台北去，已經咕噥著不如上海繁華，更別說是不知在哪兒的嘉義（要不是那兒有個阿里山，更加不知在什麼地方）。潘紅說他們家在市區也有房子，但是住在郊外空氣好、地方也大，城裡那間地點好，就放了收租，多一筆進帳。

有認識的人跟了老榮民，沒多久送了終，做遺孀的還有台灣政府認養；有人連續跟了幾個，收入也就多了好幾筆，一輩子舒舒服服，吃喝不愁。潘紅說那是內地人的行徑，有本事的上海女人不來這套，算計老頭圖來也是辛苦皮肉錢，早死晚死青春就耗在那上面，不像她實實在在享受伴侶的青春年少。廖福元不是多金闊少，她知道的，但他那個模樣就是討她歡喜呀，家裡也不算差，好歹一個小資的少奶奶，不虧本的。

以她小紅妹子的中人之姿，這樣的對象也不算辱沒了，她倒有自知之明，所以野心也小。如果結婚能方便自己去做想做的事，小霜並不反對一試，只是還沒找到合適的對象。從一開始，她就知道自己那宜喜含嗔、收放自如的身段——迎人一笑就是春風拂面，那些被凍入冷宮的還是搔到心底了，愈是要壓住，愈是一陣陣癢上來——只在小圈子裡周旋，未免可惜了。她在餐廳、KTV 都待過，公關打得熟絡，打進 JoJo Li 的店裡，總算捱近她有興趣的精品業。

上回在「上海美饌」意外碰到以前的舊識，虧得她機警，逃過一劫。那是她在「美林閣」當領枱時端盤子的小妹，名字早忘了，人不是挺機伶，卻總是巴巴地黏過來；對她撂下一句話，甜蜜蜜的卻含著刺，肯定聽不懂，總是笑嘻嘻的，就把那一大團糖蜜裹著的芒刺，黏糊糊吞下去，也不見鯁著還是噎著了。所以看她滿臉怨毒地殺過來，手裡端著一大盆熱騰騰的砂鍋，小霜簡直無法置信——她自信自己不會倒楣著了這一道，只是想不到這傻呼呼的鄉下姑娘，中了邪似的，竟然殭屍般撲上來，惡狠狠地彷彿要咬下她一塊肉。

不會再遇上了，從來也無瓜葛。她更加慶幸自己從「美林閣」脫身得早，瞧她，在那兒也端盤子，到這兒還是端盤子，一輩子庸庸碌碌，就這麼過了。

小霜已經看到自己的未來。一早上工，掠過恆隆樓下 Cartier 櫥窗前，還未在晨曦裡醒來的那串流星，剪過黑絲絨夜空，劃下長長一道血碧晶瑩的愛之傷痕，閃爍著對她微笑；日暮時分的 Bulgari 金色大地上，碗口大的祖母綠拉起鑽白榴紅的繡被，準備在星光下闔眼，鐵著臉的黑瑪瑙下意識拍拍裙襬，土耳其玉和紫晶的雙層蕾絲，隨著向晚的微風而顫。對她招手的點點星辰並非鑲在天邊，那似錦繁花也不是春去就謝了，它們近在眼前，像她的美好前景，只差要怎麼伸出手，緊緊地抓住。

她得有自己的店，自己的品牌。從 JoJo Li 那裡，她看到品牌與店面怎麼操作，跟恆瑞逢場作戲，讓她多少了解源頭的加工與行銷，與法比揚相識也沒有白白浪費——她學到該避免不切實際的商業模式，卻又要同時營造讓消費者迷醉的美麗夢境。

在旁邊看多看熟了，也差不多可以進場，現在她需要的是資金。從那個精明的柯特身上撈不了多少，她很清楚。有一次跟他談網路創業，想試探他是否願意投資，他彷彿不置可否；後來發現那時透露的一些點子，出現在他提交給客戶的網路行銷企畫裡，她氣得七竅生煙卻不動聲色，柯特也若無其事的，幾頓燭光晚餐，一個 LV 提包，就這麼打發了。以前 KTV 店裡有個熟客，年紀比她大上一倍，是那種買得起 Cartier、Bulgari 戴在她身上，也願意花這個錢的人，但是老婆太厲害，很是麻煩。JoJo Li 的少東——就是他們大設計師那個吊兒郎當的兒子——近來常到店裡，看著她眉開眼笑，說給她看手相，冷不防掌心暗暗勾了一把，自以為銷魂。這個更麻煩，而且他老娘每個子兒都看得緊緊的，想他弄錢也是白搭。

最終會有法子的，注定就是會有貴人出現，沒自己蹦出來也不愁找不到，本來她就不是平庸度日沒沒以終的命。小霜把弄好的報表收起來，抬眼一看，網路那端潘紅大約找不到話搭子，已經下線了。

潘紅走進茶坊點了杯珍珠奶茶，扶著肚子，小心翼翼地擠進不甚寬敞的竹座椅，店員馬上遞了個靠墊過來，「墊著比較舒服吧！」

她開口說謝，對方微笑瞄了她一眼，又轉身去忙，她知道就那麼一句話，人家已經揣出她的口音，心裡想著沒說出來的那個字——大陸妹。這裡有種綠色葉菜就叫大陸妹，第一次在外面點燙青菜，聽人家問高麗菜還是大陸妹，她後來低聲問福元，為什麼叫大陸妹，想不到遠在攤頭起鍋煎炒的老闆耳尖，頭也不回地應了一聲，「因為大陸妹又滑又嫩啊！」說完笑得很得意，隔壁桌跟著起鬨，連那廖福元也沒口子地呵呵笑個沒完。她這時只恨自己皮膚白，臉紅起來怎麼都遮不住。

他們家在市區的店面租給烘焙坊，生意好像不差。她在房裡歪著看電視，聽福元跟他爸說去中正路，知道要收租，趕緊出來說要跟著去轉轉，福元已經不在客廳，外面傳來發動機車的聲音，看到她，從後座下再拿出一個安全帽：「哪。」比一下要她戴上。福元媽皺起眉頭，「你叫她把肚子擱哪兒？沒坐好摔下來怎麼辦？就不會去開車？」進城繞了半天找不到車位，福元叫她到隔壁喝茶去，他再找找。潘紅吮著她的奶茶，數著一顆顆的粉圓，瞧它們沿拇指粗的吸管滴溜溜地盤升，不覺失了神。

啊，上海。人家問起上海住哪兒，只要聽到徐家匯，想到那車水馬龍百貨精品雲集的奔騰氣勢，無不嘖嘖稱讚。潘紅家跟徐家匯附近那些酒店公寓豪奢住家當然連不在一起的，她確實住在該區四通八達、放射狀散出去的交通網路上，坐車快的話，不過十幾二十分就到中心廣場，說在徐家匯，到底比較體面。鴿籠公寓擠一家人還是窄小，但是出門到哪兒都方便，如果在地鐵線上就更理想了，不會下雨下班時間就打不到車。

現在她住在一個沒有地鐵的城市，出門走幾步就是田野，大部分的時間都是看電視、上網、打電玩，偶爾跟福元出門晃晃，也像這樣，一會兒就回來；電影院也不去了，連租片子回來家裡看也懶、又捨不得那個錢，就說有線電影頻道那麼多，看都看不完。上回他們有親戚來，好奇孜孜地看新媳婦，對於福元竟然從來沒帶她上台北、花蓮、日月潭、阿里山還是哪兒玩玩，感到十分訝異。福元自己也有幾分詫異，她不是住得好好的，還要帶她去哪兒玩啊。

「肚子這麼大，出門不方便。」她為他緩頰。聽客人提到太魯閣的風光，多少有些憧憬。

奶茶喝完了，底下還有一層落了單的粉圓，無辜地躺在杯底，潘紅拿了吸管戳著，百無聊賴地。福元在這時走了進來，漲紅了臉，嘟著嘴。「怎麼這麼久？」他一屁股坐下。「怎麼了呀？」

「就是那個死麵包劉啊，開口就是麵粉漲了，成本高啊，生意難做，叫我們房租少算點，不然他撐不下去，要我回去跟爸說，下個月續約的時候降個價。」

「你怎麼說？」

「我說難做就不要做啊，我們租別人來做，可能賺更多，也省得聽他囉唆。」

「啊？」

潘紅聽著她寶貝丈夫絮絮叨叨，怨著承租人的無禮無賴，肚子裡的孩子動了一下，她一手拍著，一邊安撫著眼前的大孩子，「好啦好啦，錢收了就好，要爸爸來跟他說，別氣了，啊？」

「錢沒收。」他攪著她那杯粉圓，弄得它們呼嚕呼嚕地繞著杯子打轉，「老劉說他找別人去租，肯定賺更多，這個月就從押金裡扣，死不肯給。」

潘紅沒說什麼，她其實早有預感，今天就算出來走一走，透透氣，收租的事，怕還是得公公親自出馬，才能解決。

車子停在好幾條街以外，福元的個性，沒有主動提醒他開過來接，是不會這麼自動自發地體貼，潘紅想想算了，多走點路也好，在家整天坐挺悶的。走出店家的時候起了一陣風，涼颼颼的，她走進內側讓福元扶著，順勢幫她把風擋了下來。戳著他壯碩的身子骨上悄悄累積的贅肉，她笑了。

「拜託你，別給我找麻煩可以嗎？」

「推得掉我不會幫你擋？廖福元他媽那個死纏爛打的德行，你又不是不曉得。」

恆瑞皺著眉，聽著母親在電話那邊敘說舅媽的請託。他當然知道福元又回來了，人剛到上海，就熱情地找上門，說丈母娘念著還沒見著恆瑞表哥，大閘蟹早買了放在冰櫃，等著表哥什麼時候賞光，拿出來退冰、好好蒸牠一蒸。上回表哥說要來，後來因為公忙臨時取消，害潘紅他媽螃蟹本來都要煮了，又趕緊丟回冰櫃去——連旁邊潘紅細聲責怪他，怎麼這也跟表哥說，多不好意思——也隱約傳進聽筒裡。

潘紅生了個胖小子，台灣做過滿月就帶著回上海，沒多久福元也跟來了，有點悻悻然，好像跟他妹妹鬧翻了。「他妹早一個月生，回娘家坐月子，家裡一堆閒人，難免就有口角了。」

導火線在那每天下了班都來吃便飯的妹夫，反正多個人就是多一雙筷子，客氣話不是這麼講的嗎？「別看廖福元那小子，說是愣頭愣腦，也很會計較呢。嫁出去的女兒潑出去的水，家裡的資源本來就不該佔用，竟然夫妻倆每天厚著臉皮跟他們一起吃飯，吃飽了拍拍屁股就走，一點表示都沒有，早就一肚子不滿。所以老婆一生，就要他妹跟他媽輪流煮飯，說家裡又多一口人吃飯了，大家要分擔勞力，才公平。」

據說產後還沒休養過來的福元妹氣壞了，當面問哥哥，爸媽只給了我一個公寓做嫁妝，其他什麼東西不是在你名下？誰不是看你不事生產，不多給你一點，你也沒本事養家活口，偏心成這樣我說過一句話嗎？你以為我回娘家就貪這一口飯吃呀？誰像你這樣好吃懶做，不曉得外面工作賺錢多辛苦，我難得坐月子回家跟媽媽撒撒嬌，哪裡礙著你了？

於是廖家爹娘就看著女兒大鬧一場，拂袖而去，心裡想著真是白疼她了，女兒任職公家機構，再怎麼也是鐵飯碗餓不著的，老公還是證券分析師，又不是不會賺錢，怎麼還這麼計較？兒子反正他們從小寵到大，早就慣壞了，再多嬌寵一些也無妨。的確是大部分動產不動產，能想得上辦法，不讓國稅局上門追討大筆稅金的，早都不動聲色羅列至兒子名下，還有得給她嫁妝，他們小倆口就該拍手稱慶，再多也沒有了。

手足失和，二老心裡多少有些疙瘩，怕哪天真的撒手無法管了，做妹妹的也就任她哥哥自生自滅、不聞不問。親戚間有些照應得好，於是福元媽找上在上海開旅行社的妹妹，福元姨母也夠爽快，馬上就給外甥安插好位子；二老還來不及歡喜兒子以後順理成章穿梭兩岸為業、上海台灣都照顧得到，寶貝兒子第一次帶團回來，就順理成章地離職了。

「出團前誇口誇個沒完，說他遊學日韓美加歐洲多次，旅行的業務多了解多熟悉，沒問題沒問題，後來聽說把客人的證照弄丟了，還跟人家吵架。沒等著被解聘，自己就先不幹了，說大材小用。」

「已經知道是這種人，你還要塞給我？我這裡哪有位子給他？」恆瑞很不耐煩，「台幹在這邊，拿的薪水比人家高，就要讓人家看到是什麼理由，不然我幹麼跟錢過不去？」

「好兒子，你就隨便找個差事敷衍敷衍，當然不能讓他管事情，也從來沒有說培養他當幹部的，是不是？」郭母低聲地，「到了上海，有表哥在又不照顧一下，好像說不過去。他媽說跟著表哥多學學、磨練磨練，也不是要拿高薪；那你就讓他磨練磨練，撐不下去自己要走，才不會說我們都沒給他機會。」

恆瑞直接把福元找來，派給美佳當助理，那個冷凍大閘蟹宴就免了，他沒有興趣認識那些上海親戚。即使有童年的情誼，美佳也是明白人，自然不會讓福元表弟看帳目、做客服公關，主要差他跑跑腿，聯繫昆山工廠跟上海這邊，進廠裡巡視有沒有人偷懶，還有其他不太需要用腦的雜事。他來的第一天中午恆瑞作東，算是歡迎福元，給他做個面子。當天晚上，幾個當地聘的幹部說要請他，一群人呼嘯而去，酒足飯飽該付帳了，誰也沒意思拿錢出來，所有的眼睛直盯盯看著福元。每天都有人找福元吃飯，帶他去認識夜上海，才發薪沒多久，福元又找他恆瑞表哥預支下月的薪水。恆瑞問他，跟那些人出去，有哪次是他們自掏腰包請他的？

「我告訴你，這些大陸人最現實，眼裡只有錢，你以為人家真的跟你交朋友？沒事別跟他們鬼混。」

結果表哥的忠告，不但傳到他從未謀面的上海親戚耳中，連他那些身為當事人的本地幹部也曉得了，在他背後閒言閒語，甚至福元媽都從嘉義打電話問什麼事情，把恆瑞又氣得半死。

福元父母親略微知道上海這幾年很是發展，對於水深火熱的大陸同胞，終於脫離啃樹皮的日子也感到欣慰，但是想必民生用品還是需要的，福元到上海少不得要帶點禮品，於是菜市場幫他買了一大堆絲襪、口紅、棒球帽、運動衫。上海親戚們看著這些中國製造、出口到台灣、再千里迢迢從台灣扛回中國的廉價伴手禮，滿面是笑地推辭著，最後滿口稱謝地收下了，心裡馬上想著怎麼轉手再送出去，嘴巴還不忘丟下一句諷刺挖苦的話，反正他們那傻姑爺聽不懂的，還咧開嘴笑得很開心。

潘紅冷眼看著，又好氣又好笑。福元回來了，行李中有一只大皮箱鎖得緊緊的，說是給親朋好友的禮物，神祕兮兮地要給她驚喜。她心裡有點不祥的預感，福元又不肯說到底帶了些什麼，來得及阻止前，他已經迫不及待地把人都找來了，興高采烈地分發。顏面無光也是沒辦法的事，看福元那樣天真得可愛又可恨，竟無法苛責。

沒多久，大家都知道吳中路潘府的廖姑爺到旅行社高就去了，也說他們姑娘好福氣啊，台灣的公婆從公職退下，都有十八%存款利息，時機好時機壞股市漲股市跌，他們家是不用投資也穩賺不賠，退休後的收入甚至比在職時還高。於是有親戚問，可以借個人頭開個戶，也過過十八%的癮嗎？後來聽說旅行社畢竟太小，難以得到發揮，留不住姑爺這樣的人才，還有那十八%優惠還是有存款上限，不是愛存多少就存多少。倒是他們廖家老爺退休之後，到好幾家學校兼課，雖然退而不休，退休金照領，加上薪資收入，的確是比在職的時候豐厚，攢下來的錢以後還不是姑爺姑奶奶享用？所以說他們潘家姑娘真是富貴命啊，就是有人掙錢給著花。

姑爺接著到他們郭家表哥公司去了，表哥可不得了，上海灘響叮噹的人物，花錢如流水賺錢像洪水的，昆山那個工廠雇了成千上萬人，三班二十四小時不停地做，為他們賺進數不清的金銀財寶。都說潘家人現在到名品店，報出表哥的名號，誰敢不另眼相待、奉為上賓的？姑爺在廠裡日理萬機，一呼百諾，是表哥最得力的左右手，前途不可限量啊。

潘紅現在難得見到福元的人，白天上工，晚上常到三更半夜回來，夜裡小孩磨人，他就是有本事睡他的，照樣一覺到天亮。家裡看著姑爺他大搖大擺去上班，也大大方方把薪水放進口袋，理所當然吃住岳父岳母的，一點貢獻也無，不免有些言語；潘紅輕聲細語地，要他把錢拿出來一起保管，福元咕噥著，說他這麼賣力幫表哥提升員工士氣促進人和，卻連交際費都得自己出，表哥給錢又小里小氣的，哪還有用剩的可以繳庫？

「還叫我不是公務不要亂打電話，我跟我媽通個話也不行啊？他們又不會用 Messenger、打視訊，講電話花得了多少錢，怎麼這麼不通人情啊？」

說著福元又鬧著不想去了，潘紅只得再安撫他，嬰兒這時也醒了、哭將起來，潘紅一邊哄兒子、一邊要哄睜圓了眼生悶氣的丈夫，煞是累人。

又有一天，福元回家較早，手上卻平白多了幾道瘀傷挫傷，把潘紅嚇了一大跳。原來今天公司來了幾個沉甸甸的包裹箱，送來竟然丟了就走，平常在處理的小劉小魏因為幾批貨櫃進出，跑通關報稅去了，辦公室除了恆瑞就那麼幾個手無縛雞之力的女孩兒，只好請福元去搬上來。這好命慣了的少爺，稍事勞動便汗流浹背，一不小心，還讓捆箱子的繩帶扎了手、扭了腕子；美佳表姊給他上藥，他愈想愈不平，不覺地脫口而出，「叫我做這種粗重活兒，我讀那麼多書都白費的喔！」

在他恆瑞表哥發飆之前，美佳表姊急忙打個圓場，拉他到一旁，低聲叫他別說了，今天那幾個不在只好麻煩你，偶爾一次也不是每天都這樣，回去好好休息，明天就沒事了，嗯？暫時攔住恆瑞那一臉那麼你馬上可以滾蛋的殺氣。

第二天，美佳特意把福元差到昆山去，避個鋒頭，免得恆瑞辦公室看了他又要生氣。

她萬萬沒想到會為這個決定，付出慘痛的代價。

小霜在匯豐銀行開戶換匯，出來時聽到有人呼喚，一回首，是個有幾分熟悉而無法確認的臉孔。

「葉小姐？您氣色真好，還是一樣豔光照人啊。」

那個帶著廣東腔的口音提醒了她，於是她淺笑接下遞過來的名片，「李先生，真是巧，哎呀，你已經離開上海美饌了？」

「是的，我現在做餐飲管理，不盯外場了。」香生含笑點頭，「年紀大，跑不動囉，比較適合設計規畫的工作。有需要隨時找我，也請幫我們介紹客戶，公司剛成立，不過我們都是做了十幾二十年的老手，很有心得。」他指著銀行的貴賓室，「我陪客戶來，談融資貸款的，剛走。新上海料理，兼營字畫古董，店面找好了，就在花園飯店後頭，格調很不錯的。您方便留個資料嗎？到時候開幕辦活動，請您來指教指教。」

小霜掏出名片，「指教不敢當，您客氣了，是業界高手才操盤企畫。」她在名片上寫下手機號碼，「我就快要離開 JoJo Li 了，不過新名片還沒印，打這個電話可以找到我。」

「您是要自己出來做嗎？恭喜了，有機會多關照關照我們吶。」

小霜隨口應酬，香生一笑，「明人面前不說瞎話，我們做這一行人看得多，像葉小姐您這樣，絕對是場面上的人物，您就別客氣了。」他朝著銀行的方向眨了個眼，「進得了這裡的錢，大半不是小數目。說真的，我挺佩服像您這樣創業的年輕女性，有興趣投資餐飲，您一定要來找我，讓我們好好為您服務。」他看著小霜滿面的笑意底下，暗暗有點思緒在浮動，又自覺地垂目掩蓋眼裡的光，若無其事抹去盤算的痕跡，遂笑著對她伸出手，「對我們來說，怎麼都要抓住您這樣的好客戶。」他一把握緊，再鬆開，「您是有福氣的人，穩賺不賠的。」

香生邊走邊揮手，一手做出個聽筒掛在耳邊的手勢，要她給他打電話。小霜收起了名片，她暫時用不到，但日後會找他的，她清楚。走進銀行的時分，她心跳不止，她要的資金到手了，以萬分意外的方式，但是在錢沒有入袋之前，沒法感受到那個真實。也沒想到那市儈的香港人，竟然一眼看破這個玄機，知道她從淘金的晉升為金主，忙不迭地靠過來分享她的喜悅。連Ms. Li都不知道她要請辭，她打算開店的事情籌備得差不多再開口，小霜離開她肯定要比其他人惋惜的，但她不會不明白遲早留不住她。

小霜走出香港廣場，在淮海中路黃陂南路口站了一會兒。這時分還很安靜，疏疏落落幾個人影，帶著各自的人生分別走開；入了夜，一顆一顆紋入名品肌理的霓虹星辰將會亮起，交織出一片刺眼奪目的浮華之海。從南京路到淮海路，從十里洋場到法租界，這兒以後就是她的新戰場。

她跟人約了看店面，離這兒不遠，還有點時間，便沿著法國梧桐遮蔭，一路往南走去。經過新天地，順道拐入石庫門裡幾家設計小鋪精品店，翻翻瞧瞧一些服飾、珠寶、小玩意兒——當下她還進不了這地段，即使是窄巷裡麻雀大小的一個空間，也沒有必要漫天撒錢，在已經飽和的商圈，硬要搶下不及容身的立足點。她不過探探市場，比較比較人家賣的什麼風情；看到幾個值得翻新的點子，不好手機直接拍的，她就暗自記下來，想著回去畫了，讓熟識的裁縫、首飾加工的照著做——在別處，她可以賣個更討喜的價錢。

儘管陽光出來了，天色還是陰濛濛的。曬得暖暖的紅磚在日頭裡打著盹，背陽的那一側，老討不到一絲恩澤的縫隙，溫吞吞地孵著苔草。

福元進了公司，美佳的好日子就結束了。在家族企業工作有好處也有麻煩，她原本就沒冀望太多，猶豫不決之時，隱隱約約有個聲音要她留在上海。當做是打工吧，能幫到表哥多少尚且未知，多看看這個城市則是賺到的。

是法比揚讓這差事好玩起來。他算是歸她管的，基本上也是她在照顧他：恆瑞找他多半是耍耍威風，其他人懶得跟他講英文或幫他翻譯解釋，結果雖然美佳名義上是他的主管，她其實也是他對外的窗口。她聽說了法比揚怎麼從五萬塊落到五千塊一個月的境地，很是同情這個人還不算太差、但是境遇真是不佳的法國佬，看看能不能幫他一把，至少，讓他在這不怎麼對盤的公司日子不會太難過。恆瑞真是把他叫來做業務員，即使沒拿他當工讀生使喚，也夠不客氣，而這已經是落水狗的法比揚，除了默默承受，也睜大眼睛在看機會，看有哪根浮木可以攀住。恆瑞要找碴，會故意埋怨本來要找能翻譯的外務，結果還是個不會講中文的，於是法比揚開始認真學中文；一般跟他未必相關的業務，他也積極去學、去了解，他跟美佳到廠裡看女工做裁縫，到蘇州探訪刺繡工坊，她去拜訪本地設計師拓展合作可能，他也陪著去了。他們到浙江的下游廠商視察、開發新產品，他看那些串珠子的十來歲小女孩，住在簡陋的工寮裡，拿不到什麼工錢，求個溫飽就滿足了，比待在只有貧窮與饑饉的家鄉強，竟也難過地轉頭，偷偷拭去眼角的淚。

法比揚剛來的時候，大家都在看他能撐多久，看最後是他自己捲鋪蓋要走還是先被恆瑞打發，辦公室裡幾個賭性堅強的，暗暗開了盤下注，小劉押三個月，還被其他人取笑一番。沒多久美佳進了公司，算他好狗運，也把賭盤打亂了，法國佬夠機靈，知道他的浮木來了，如果抓不住他真是活該天誅地滅。浮木湊巧是位迷人又和善的女士，那更好了，不管順境還是困境，法比揚都沒有忘記他法國男人的本能。恆瑞愈來愈少有機會找法比揚麻煩，倒也不全是因為美佳在罩他：說實在，法國佬進入狀況以後，表現愈來愈令人刮目相看，他打聽到過去熟識的大品牌想在中國生產副牌，積極地拉攏了給恆瑞這邊代工，業績數字進來，他的頭也抬起來了，他提的一些想法開始被納入考量。

後來法比揚提議跟協力廠商搞服裝秀，大家都以為是天方夜譚——又不是名牌，代工廠商走什麼秀？恆瑞想著他畢竟脫不了D＆H燒錢浮誇的習性，拉進幾個好客戶就跩了，聽都不聽就要否決掉。還是美佳說服了恆瑞，給法比揚少許公關交際費做做看，就算績效不如想像，也沒多少損失。於是法比揚自己去拉贊助廠商，找媒體曝光，地方選在蘇州河畔舊倉庫改的藝文場地，真把成本壓到最低，辦了一場小而美、口碑還不錯的服裝展示。挑高的二層樓空間，沒有搭伸展台，模特兒從迴旋梯步下，像是從空而降的天人，自在而悠閒地走入賓客之中，然後消失於後台煙塵裡。除了他們代工的一線品牌經典款式、本地設計師的新品呈現，法比揚還邀來幾個歐美的新銳設計平價品牌，「該讓大家看看我們不只代工，也可以代理、發掘好的設計，開拓更多元的生產銷售路線。」

幾次幫法比揚爭取加薪不成，美佳開始幫他隱瞞在外面接case的事，明白他遲早要走的。恆瑞對他帶來的新商機確實有興趣，談到公司轉型或拓展貿易代理的業務，則裹足不前——結果那場成功的時裝秀，對公司雖然有相當的宣傳效益，背後籌畫的法比揚恐怕收割了更豐盛的成果，掌握豐富的人脈與資源，而這點他本人在之前也已經料到。福元進公司讓大家都頭疼，法比揚則不受影響，他反正在等適當時機自立門戶；他跟美佳已經培養出很好的工作默契，希望美佳可以過去幫他，一起在上海闖出名堂，美佳一如往常地猶豫不決。

法比揚離開之後，美佳在公司待得更覺無趣，老夾在恆瑞跟福元之間。恆瑞意思是給他一些吃力不討好的辛苦工作，讓他自己提出要走，問題解決了，舅媽那邊也有交代；美佳看著她這別處大約也無法存活的寶貝表弟，還是狠不下心，就算這兒待不久，也希望多少給他磨練，看能否學到一點東西。她兩邊轉圜，只求諸事圓滿，而那不經世事的福元，還是把恆瑞給惹惱了，派他出公差避開氣頭上的恆瑞，沒想到竟出了事。

那天要他去昆山盯一下縷花披肩的進度，只是找個差事把他打發，那批貨的進度完全在控制之中，沒什麼問題。但是跟福元開車去的那人，快到時突然把車往路邊一靠，頭垂下去就這麼不省人事，送到醫院已經沒有心跳了。家屬帶了一批人包圍工廠，說好好的一個人，要不是他們動不動就逼人超時加班，怎會折騰成這樣？更何況同車的廖家少爺講話這麼衝，肯定說了什麼做了什麼刺激人的，當場就把人活活氣死了，冤不冤啊？還救得起來的時候，那廖家少爺竟不是馬上叫當地救護車，而是大老遠打電話回台灣嘉義求援，說怪不怪，他心裡在想什麼呀？廠裡面有人跟著起鬨，停工一個禮拜，推了兩個代表來談，價錢說好才散、重新開工，再加上無法及時交貨的違約損失，恆瑞的臉沉了好幾個禮拜。

福元悶不吭聲地走了，過幾天就和潘紅回台灣去，廖家人提到這事就晦氣，從此與郭家自然互無往來。美佳也跟表哥請辭，本不是她的責任，可是恆瑞看看慰留無效，也就算了，美佳答應留下再幫忙一陣子，直到找到人為止。

沒有耳報神，小霜也知道法比揚有別的女人了。這陣子他們都忙，見面也少，法比揚來約吃飯，說要謝謝她，他已經搬出那個小區，也離開恆瑞公司了，還是搞精品時尚，聽說搞得滿好的。她跟他說「上海美饌」不消再去，那個香港人走了，還帶走幾個廚師，品質多少下降，菜色也沒什麼變化。

她訂的小館很隱蔽，外面沒有明顯的招牌，推了兩扇木門進去，才發現院落頗深，倒是個雅致的所在。「這兒開沒多久，生意還沒做起來，所以安靜，可以說說話，菜也做得不錯。」

法比揚翻開菜單，眉毛稍微揚起，他發現價錢也是不錯的，小霜果然冰雪聰明，知道現在的他付得起。他看小霜配好菜，交代少油少鹽不要味精弄好吃點，不覺笑起來。

「喲，我忘了，是另外一位朋友不喜歡口味太重，你還好嗎？」

法比揚說他不在意，他喜歡新上海菜，不要濃油重糖厚醬汁的，清淡爽口些好，只要滋味夠。

菜一道道上了，精細的小碟小碗，擺盤也頗具巧思，隔了滿桌陳設華美的佳餚，這許久未曾交合交纏的兩人，微笑著打量對方。

法比揚曾經刻意去掩藏的喪家之犬模樣，早就煙消雲散了。回視小霜的眼不再有最消沉那時的陰霾，蔽日的浮雲去了，瞳眸一如上好的祖母綠，映了一點光就是通體澄澈，盈盈閃動；小霜放眼直視，他沒有避開目光，但眸子暗下一點，像是陽光去了的熱帶海洋，不再讓人一眼看進淺海底部的白沙，亮紫朱紅的珊瑚，隨著海潮來去的斑斕熱帶魚。

沒有錯，他有其他的女人，而且不只是玩玩的。在這多重伴侶多角關係的時代，本也不足為奇，多為彼此留幾分餘裕，要上床還是談生意都好，進退攻防更形自如。但顯然法比揚的價值已經超出娛樂性，在她眼中也愈發有吸引力，有沒有女人，都不是問題。

法比揚看著小霜目光在流轉，不由得要想起她在床上的姿態。她儘管滿面含笑，依舊是舉手投足之間，似不經意就能撩人的俏模樣，那眼底總有點什麼迅速浮現再消逝，眉尖微蹙，瞬時又雲淡風輕，不落痕跡，於是他知道小霜心裡又打著新的算盤了。

福元進公司沒多久，法比揚就離開了，他真是幫恆瑞爭取到一些好客戶，走的時候也接收大部分，熟悉品牌背後代工加工這個領域的收穫，讓他又找到新的方向。他不再執著於品牌經營，而更投入於商品與市場的接軌流通，興趣隨之拓展到二三線精品、非量產的手工成品半成品，對於本地的貨源和通路也有更深入的了解。他幫熟識的一些品牌找到可靠的代工者，或者將作工繁複的手繪絲綢、刺繡、蕾絲、中國風裝飾寄回法國、義大利去組裝縫製，打上 Made in France、Made in Italy 的成品再出口賣回亞洲，身價自然與 Made in China 不能相提並論；他與熱切站上國際舞台的當地設計師，也建立不錯的關係，幫某些穿針引線找到發揮的場域，或是幫某些抄襲修改別人的靈感創意。他又跟老東家 D & H 聯繫上，幫助他們再回上海——這一回不是撒下重金弄豪華排場，而是透過重點精品店營造風格質感的做法，跟其他品牌合力收服消費者的心，此外，他也給他們提供了市場取向的建議。

他喜歡現在這套遊戲規則，這讓他的眼睛又重新神采奕奕。在上海栽了一個跟斗，把他那天之驕子的傲氣跌掉了不少，重新站起來，看到的是另一番風景。如果是D&H時代的法比揚，根本不可能會吸引美佳，但現在的法比揚真是不太一樣了，他的中文即使說得不好，還是能溜上兩口，也不能在他面前亂取笑了，沒準他聽得懂。隨著他站穩腳跟恢復自信，法國人的自負難免要一起回復，有時還是讓人恨得牙癢癢的，但也不是真那麼討厭。美佳不認識之前的法比揚，有些事他也不想講。她最初看到的法比揚充滿為人的脆弱感，處於一個帶著敵意的環境，日日面對她齜牙咧嘴的表哥，讓她幾乎是以母性的本能想保護他，幸好他也沒有辜負她的關心和照顧。看著懷裡的小獸成長蛻變，暗藏的爪牙出來了，她也意識到法比揚畢竟不是自己庇護的孤幼，但面對她的這一刻，他仍然是溫柔的。

恆瑞並不知道他倆的事。一方面他們不願意把感情帶進辦公室，另一方面，那兩人之間某些藏也藏不住的細微動靜，粗枝大葉的他，決計察覺不到——雖然表妹過去曾有與洋人交往的前科，他不會想到是他五千塊一個月的法比揚（即使已經離職，而且聽說在外面混得不錯，他還當他是五千塊一個月的法比揚）。法比揚一直要美佳遷出恆瑞公司那個小套房，搬去跟他一起住，美佳於是在矜持與想望之間掙扎著。她確實想搬，距離公司和恆瑞那麼近，讓她覺得沒有多少隱私，但說要跟法比揚共築愛巢，卻又下不了決心，直到福元捅出那個樓子，無意間迫她做下決定。

搬出小套房沒花美佳多少工夫，她沒有太多東西，也沒有什麼留戀，有的只是對於渾沌未來一絲的不安，而那像清晨的薄霧，朝陽出來就散了——即使只是透過法國梧桐斑斑駁駁篩落的點點陽光。

今天法比揚帶客戶到蘇州去了，傍晚回來，要她直接到外灘X號，已經訂好地方。當晚隨侍的管家陪著她電梯直達頂樓，穿過無數好奇而豔羨的眼光，走進小鐘樓第二層只容二人的特別雅房，只見他欠身而出，順手把樓梯口的攔繩拉上，免得好事者沿階上來偷覷。一路走來，她頰上總是有那麼點紅微微印染著，踏上鐘樓之際，大廳裡靠窗那整排人都盯著她，盯得那抹紅痕整個暈開透了出來，映著白淨的肌理竟鮮麗過朱唇。法比揚只說今晚在一個最近很紅的地方吃飯，笑著說做他們時尚這行的，什麼時髦不可不知，但她沒想到是像這般一方面刻意低調彷若與世隔絕，一方面又極其所能地昭告世人，在這裡用餐的兩人關係絕非尋常地私密的……好地方。

窗邊的紗幕微微起伏，是向晚的風輕輕地撩撥，透明的指尖沿著落地窗紗溜了上去，四壁低垂那圈帷幕，就著餘韻微微地顫抖，挑高屋頂銳利的稜角被修飾得柔和了，拱著那盞紅白水晶吊燈從拔尖處緩緩而下。管家進來添了水、送上麵包與沾醬，體貼地說絕不能讓小姐空著肚子等人，出去時稍稍把燈調暗了些，於是橢圓桌上的玫瑰、紅玉杯輪廓又模糊了一點，在光的紗帳裡輕輕巧巧地做著夢。

從小鐘樓陽台望出去，外灘景致在腳下展開，煙塵中漸次清晰上來，彷若海上升起的一彎弦月，優雅飽滿的圓弧一直延伸到和平飯店，驀地轉折彎曳至右緣，像是嬌媚地噘著嘴跺了腳轉身而去，留下細長一道月牙痕。

來到上海已經一年半了，在這之間，美佳曾經兩度返鄉，爹娘早就迫不及待地幫她排滿相親之約，對於每一次都沒有後續，也掩不住的失落。她在相親局裡被相中的機率向來頗高：男人對看似漂亮溫順的女孩一般都有好感，長輩也都喜歡她這種乖巧不像太有個性的類型，可不是標準的好媳婦好老婆材料？連續數次禮貌性婉拒，斷了對方繼續交往的詢問之後，開始有些三姑六婆之語在傳——別看她總是客客氣氣的，也很挑呢。年紀不小囉，不趁現在條件好，趕快定下來，也不怕石頭愈挑揀愈小？

告知家裡二老即將離開表哥的公司，擔任一位法國經理人的特助，從事時尚精品顧問的工作。父親頷首，「我聽說那邊的投資環境不那麼一片看好了，是這樣嗎？你表哥他們做得怎麼樣？」

「明年開始用勞動合同新法，對基層製造業、對那些靠廉價勞工的有一定的衝擊，表哥他早就抱怨出口的免稅優惠沒了，利潤就薄了，現在工資成本又提高，當然環境更不利，這幾年之內錢還是可以賺，只是沒那麼好賺了。不少台商已經轉到東南亞投資，還是到內地設廠，沿海都飽和了。」

那麼你還想留在上海？母親問。美佳把法比揚洋洋灑灑那一套理論約略轉述，告訴她精品業不受到影響，事實上市場的胃口愈來愈大，中國也許不再是獨大的世界工廠，但會是世界消費場，有錢人不斷囤積財富，也熱切地學習怎麼消費，所以處處仍是商機。父母親的眉頭似乎舒展了些許，沒多問她公司和老闆的情形，只要她有空多回來走走，她鬆了口氣，也有幾分心虛。

母親趁父親不在，問她是否有交往對象，「上海男人聽說還不錯，會燒飯又疼老婆。」面對母親的試探，她笑笑不說什麼。於是母親再問，又是白皮膚藍眼睛的老外嗎？她一邊否認（真的不是藍眼睛），一邊偷眼觀察母親的反應，感覺她態度似乎鬆動了些，或許不至於堅決反對她跟法比揚的事。

終究紙包不住火，瞞得了一時，能隱瞞多久？他們遲早會知道她口中的「法國經理人」，就是她親密的工作夥伴與情人；她恆瑞表哥當前摸不清狀況，早晚要知道她離開之後，竟幫著他「五千塊的法比揚」，又要老大不高興，也不知會傳得怎麼難聽了。那時家裡反對柯特的事，他們還沒住在一起呢，她簡直不敢去想，跟法比揚同居的消息曝光了，家裡會鬧得怎麼天翻地覆。

一想到父親嚴峻的臉色，她又嘆了口氣。柯特提過的妓女戶那檔子事，一直在她心裡琢磨著。真的爆發了，到攤牌時刻，可以拿這個來堵父親的口嗎？不曉得義正辭嚴的父親到時怎麼回應，母親肯定毫無所知，也肯定要亂的。

美佳一向以柔順著稱，其他朋友進入叛逆期，她總是被友人父母拿來當模範的好學生乖女兒。她沒有叛逆的青春——與柯特的過往也被當作「洋人追得很緊，一時迷惑，很快她就知道不對了」——也不被當作很有自己意見和想法。頭一次，她心底竄起一股反叛的火苗，不大，但痛快地延燒著。說真的，沒有劇烈的叛逆和爆發性宣洩的生命，那個反權威的韌性，反倒可能延伸至無盡。

「……來了？香檳可以上了，等一下，你們這紅色酒杯就只是花稍，倒進去酒的顏色都看不到。」法比揚的聲音隱約飄到陽台上來。

「先生說得是，」她聽到管家小心翼翼地，「這只是水杯，跟水晶燈成套的，香檳和杯子馬上來，您要先看菜單嗎？」

法比揚向落地窗走來，卻不忘捏了捏桌上的麵包，「外皮酥脆，裡面很軟，算合格了。」她忍不住笑了，這傢伙有時挺囉嗦的。

「笑什麼？我是法國人，麵包對我們來說很重要啊。」他上了僅容二人的陽台，從背後攬住她的腰，「地方還可以嗎？這裡我沒來過，聽朋友說不錯。」

「真的不錯，謝謝你。」她感覺他輕輕撥開貼著頸項的髮絲，把唇印上洩漏了心緒脈動的肌膚上。

「你知道嗎？據說這兒是全上海最熱門的求婚地點，」他的聲音低低地從耳際傳來，「因為成功率很高。」

她的心跳得很快，他會開口嗎？回過頭接觸到一雙無限情意，卻帶著幾許促狹的眼，知道他只是在逗她。惱了，她若無其事地轉身，掙脫他的懷抱，要往屋裡去，法比揚伸手拉住她，就在這時門上傳來輕叩之聲，「為您送香檳和開胃小點來了。」

「讓我來吧！」法比揚從管家手中接過香檳，俐落地開了瓶，仔細倒進那兩只磨砂水晶杯裡，管家把陽台的燈剔上、蠟燭點了，美佳這才發現天色已經暗下來了。腳下那彎弦月整個被蝕去，車水馬龍像流動的雲彩劃過闇黑的心，穿過一棟棟凝滯而沉默的星雲，月牙處鑲著大大小小的珍珠，那顆祖母綠的幽光是和平飯店塔頂，依稀掩映法比揚在燈下燦亮的眼。

另一個小陽台面向浦東，那一列二十一世紀的霓彩摩天樓，與外灘那排十九世紀末磚石砌起來的厚重華廈，隔著黃浦江相互睥睨，遊船就在新世紀的絢爛俗麗和舊世紀驕矜耽美的視線間來來往往；載著巨大液晶螢幕的駁船緩慢地溯江而上，畫面裡名品珠寶的光芒在江心閃爍著，美佳想起答應表哥留在上海那個晚上，也是這般的黃浦夜色。但是心境與高度自是截然不同。

「真是好地方，好像站在上海的頂端俯瞰下去，」法比揚心滿意足地輕嘆著，憶起昔日在這兒四處碰壁、無所棲身的景象。「也是要到谷底，才知道高處的滋味。」兩人十指交握，他再把她扣緊了，「謝謝你陪我一起上來。」他舉杯，「恭喜你脫離惡表哥蠢表弟了，也敬我們嶄新的未來。」他笑著，「讓我們一起來創造財富吧，這樣才能買剛才樓下看到的那件 K. Arko 洋裝給你。」

「把這頓飯省起來就可以了，至少可以買他們一條裙子。」美佳瞪著他，「講得這麼直接，你還真浪漫。」

「親愛的，我們在上海啊，而且我們自己當家，錢還是看緊的好。」法比揚摟著她，「我們再多賺一點，就可以到外灘Y號幫你買好一點的鑽錶。還是算了，」他皺著眉頭，有些頑皮地，「我們回法國去買，這裡太貴了。」

回到嘉義，一切如故。多了個孩子，福元的生活沒有多大的改變，不是潘紅就是母親照顧，於是他的日子還是在電視、上網、打電玩之間度過，腰圍一日比一日粗，潘紅拍著他凸出的小腹，說像小熊一樣可愛；福元爸看看兒子的腰腹跟自己的差不多厚重，儼然有了中年人的態勢，於是去健身房辦了兩張會員卡，拉著兒子一起運動。

潘紅過年抱著兒子回上海，肚子又大起來了，超音波照出個女娃兒。親朋好友說她真會生，合是一男一女，也真好命，不就是個不愁吃不愁喝的少奶奶；潘家人少不得又帶著福元回寧波宗祠磕個頭，以慰列祖列宗之靈。他們廖姑爺這次來帶了一批藥，消炎、止痛、降血壓到慢性病的都有，有台灣製的也有進口的，分了一些給親戚做禮物，其他的沒多久就賣光了。原來姑爺現在做進出口貿易，藥品也有代理，大家都說姑爺的算盤打得真精啊，賣藥好賺，中國人特愛吃藥，姑爺的藥品質好，更奇貨可居了。

帶去上海那批藥的反應這麼好，福元回來以後，更時時刻刻催著父母親有事沒事就去醫院掛號取藥，囤積了準備下次帶過去販售，不然健保費白交了，沒撈回來可不是賠本？連許久沒有往來的福元妹，某日也接到哥哥親切的問候，商請借她跟老公兩口子的人頭去拿藥。

福元媽在起伏震盪的股市裡找到新的樂趣，整日往號子裡跑，家裡嚴禁冒出「炒股票」等字眼，股神聽了不悅要賠錢的；福元耳濡目染也跟著進場，福元爸點頭連說學投資好，有一技之長走到哪兒都不用愁。

再跟潘紅帶著兩個孩子回上海省親，沒多久大家都知道姑爺潛心趨勢研究，顯然盡得門道，成為兩岸投資高手，整日線上看著股起股落、忙著買進賣出，學問可大了。這年頭，北京上海啃老族蔚為風潮，愈來愈多小夥子小姑娘早過了成家立業的年齡，還是家裡住得舒舒服服，不打算搬出去、沒想要找工作，每天就是伸手要錢、出門玩樂，讓已經白頭的老父老母，還得奔波勞苦賺錢養家，忒是這般不孝，老頭子老太婆卻也給啃得心甘情願，無所怨尤。所以像姑爺這樣當機立斷，這個學一學看看不行就轉行，果然有志氣有所堅持，反正行業千百種，怎麼翻轉都不愁沒事幹。這年頭，像姑爺這樣疼老婆的，實在不多見，再怎麼百務繁忙，每年總要陪著回上海好幾次，住上大半年，實在不簡單吶。

尾聲

田子坊

田子坊

對美佳和法比揚而言，不管談生意或只是閒逛，田子坊都是挺令人愉快的場景。石庫門彎進去打了好幾折，窄巷磚房的簾幕後，驀地現出一張臉，是年輕的古董店老闆娘，手裡捧了茶笑盈盈地招呼；沿著灰泥牆走到盡頭，一迴身又是別有洞天，烘焙咖啡豆的香氣，溢滿整個中庭花園；緣階而上，踩著質樸木梯的步伐，彷彿厚實了起來，欄杆上假寐的花貓，猛地躲開遊客狎玩的手，一躍而下，一溜煙鑽進店家，只見微揚的尾梢，在門口陳列的手染圍巾絲縷之間招搖。有些東西真是老得好，陳得香。一間間小店、工作坊、藝廊、設計公司，藏在老弄堂舊廠房裡，像是酒窖裡沉睡的佳釀，遺忘多年後再次邂逅，儘管外瓶蒙塵了，標籤也斑斑駁駁傷痕累累，若是仔細揩拭呵護，隨著酒瓶裡的精靈醒轉的歲月滋味，深邃幽遠，尾韻綿長。

然而讓法比揚頗有微辭的，就是這一區儘管不缺餐廳食肆，卻大多是氣氛營造凌駕口味的平庸所在。這天他們又來到田子坊，跟潛居老房舍的幾位新銳設計師談妥公事後，到轉角的咖啡館去喝一杯。他們原本是這家的常客，自從隔壁餐廳易手開始裝潢整修，鎮日為煙塵喧囂所逐，已經有一陣子沒光顧了。看來它又恢復往日的寧靜，隔壁似乎塵埃落定，新的招牌已經掛上，「Eye Candy 糖霜」的字樣，從老畫報上海美女的背景裡浮出來，店面也收拾得差不多，重新開張的日子應該近了。

正說著，只見門廊的燈打亮，院落的星火隨著竄起，門口出現兩個身影，邊環視邊交頭接耳，大約在評估燈光的氣氛效果，看到他們這一側，停了一下，男的率先走過來，「王小姐，圖……耳先生？」換過名片以後，馬上更正過來，「杜……恩先生，哈哈，法文音我們發不準，您多見諒。好久不見了，兩位現在自己做老闆嗎？生意肯定興隆的，請多關照我們哪。」

美佳記得他是昔日「上海美饌」的領班，新名片上掛著餐飲顧問公司的資深經理頭銜，依舊是那個八面玲瓏的身段，「有需要服務的地方，儘管找我，大宴小酌、外燴到府服務的，現在不做了，但我很熟；我們公司主要做餐飲方面的企畫諮詢、市場評估、員工訓練、服務流程設計，您有朋友有興趣投資餐飲業的，多幫我們介紹。結合時尚精品的複合式經營，我們也在行。」香生轉頭笑著，「葉小姐這裡也是我們幫她規畫的，港式上海式的精緻點心，西式的貼心服務，她要求高，我們也不敢馬虎，下禮拜就開幕了，您得來試試，口味氣氛都是一流的。」

在後面的女人從樹影裡走出來，踩過一地的流光逸彩，一晃到了他們桌邊，像是招牌裡的月曆香菸牌美人，攏了一身老上海風情，巧笑倩兮地，從畫中翩然而降。是小霜。

小霜在門口就瞧見法比揚，瞥見身旁有個女的，正想裝作沒看見，香生逕自遞了名片幫自己也幫她做了宣傳，她於是以老闆娘的姿態過去打招呼。法比揚的新女友對她微笑著，那不是張陌生的面孔，她整理柯特的公寓時，看過她的相片——在巴黎街頭，笑得很燦爛，嬌妍大約是對著按相機快門的柯特。那是除了柯特家人以外，僅有的一張女人照片。

那時接到柯特記者朋友的電話，以為他們回到上海想找她，但他人還在廣東，從醫院打的，才剛從加護病房裡轉出來。

「他……還在……太平間，請你……能……來一趟，幫忙……處理……事情嗎？」

電話線路不太清楚，而對方的聲音本就斷斷續續，氣若游絲。

小霜憶起柯特離開的那天，他身體並無大礙，也無煩心之事，但怎麼看來就是不對勁，氣色極差，或許就是中國人說的印堂發黑，死相已經露在臉上了。

記者朋友南下廣東，是要採訪某地僵持了好一陣子的農民暴動，柯特正好到鄰村談生意，評估土地開發的計畫，兩人就結伴一起出發。那一段時間除了媒體之外，不太有外國人願意進出是非紛擾之地，但柯特就是這種漫不在乎的個性，他普通話又講得這樣流利，根本不以外人自居，更覺得沒什麼問題，何況這個計畫若談得成，可是筆不小的生意，怎麼能放過？

飛到廣州，他們包了車過去，村子前就被攔住，一群兇神惡煞衝上來，在路口等著要接柯特的幹部，看看苗頭不對，趁著混亂也跑了。兩個老外被拖下車，棍棒拳頭伺候，一邊打一邊罵美帝走狗，扭曲事實利益勾結，傷害中國人民善良的感情。

棄車逃了的師傅躲得遠遠的，見那夥人一哄地散了，急地跑回來，看看手提電腦、行李已經不見蹤影，就搜著一動不動的柯特身上，瞧瞧是否有什麼暗袋夾層是那些人沒有注意到的。還有一口氣的記者扯著他的褲腳，竭力擠出那幾個字：「到醫院……給……錢……」

沒找到什麼財物的師傅，抱著再不濟也要撈回這天車資的期望，把兩人丟進後座，開到附近的醫院；柯特傷重，到院急救沒多久就不治，記者朋友醒來後，再回頭找上小霜。她聯繫了美國的親人，幫忙處理遺體運送、公安查訊、公寓清理退租、銀行帳款等雜務。兇手始終沒找到，案子草草了結，悲憤與無奈過了，涉外領務人員的官僚作風也領教了，家屬很感謝這個有情有義的女朋友，留給她一些酬勞、一點小紀念品，而小霜銀行裡的熟識，也早在帳戶了結之前，就先幫她扣下一筆了。

結果柯特以意外的方式，成了她的貴人。他留下來的，讓她在田子坊頂下一個店面，經營珊瑚古玉的設計珠寶、改良式旗袍、絲衫唐裝，迎合來這裡尋覓風雅趣味的觀光客脾胃。攢下了一些錢，第二家店她還是找在田子坊，跟她的精品小鋪相為應和；餐飲業不是她不熟悉的領域，她也看好了這區的美食街在成形，還有發展的潛力。

相好一場，柯特地下有知，對於她如此妥善運用資源、增加財富，也必然刮目相看，可惜他在世的時候，沒有這樣的機會。生死有命，富貴在天，定數總在冥冥之間，他的驟去，就是為了成就她的未來。

法比揚的新女人，結果竟是柯特舊女友，這世界真是小，從美國台灣巴黎到上海，繞了一大圈，還就是這麼一撮小圈子的人，互相睡來睡去。那女孩看來就是個溫婉溫吞的小姐，大約也是嬌生慣養的，穿著打扮算得體大方，談吐應對也聽得出教養良好，那種男人帶出去很有面子（若是冶豔的女人，能讓男人在哥兒們面前十足地雄性虛榮，那是另外一種滿足），適合娶來擱在家裡的——若法比揚也是這麼想，她真要覺得好笑了。

美佳似乎有些不自在，大約是不習慣這樣被人鉅細靡遺地從頭看到腳，小霜便把目光收得柔和了點；幾句話之間，她判斷這台灣女孩頭腦清楚，處事應當分明有條，工作上想必是個能幹的助手，確實也幫得上法比揚的忙。

要跟有一點錢的男人在一起都是容易的。上海女人不談不切實際的精神戀愛，台灣女人也許肯，但小霜沒法想像這樣的女孩能跟著男人吃苦。想當初法比揚落入最窘困的境地，別說在外面約會喝咖啡了，家裡泡的都是量販店買的，她給他帶不用錢的蛋糕去，高興得像個孩子似的。這些過往，這撿到便宜的台灣小姐當然不會知道，法比揚落難之時，小霜她可是他唯一的紅粉知己呢。法比揚若一蹶不振、萬劫不復，也就罷了，在上海灘能重新站上灘頭，算他的本事，那麼好處就應當旁人多分潤些。表面上她清淡寫意，不甜不膩，心裡則適如其所地熱絡著。

「是的，我另一家店離這兒也不遠，有空來坐坐。」小霜遞出名片，笑著說也許有合作的機會，心裡估計法比揚那幾條本地設計師、代工廠商的線，她恐怕比他還熟，但無妨。她對上法比揚的眼，瞧著他嘴角勾起一絲笑意，輕淡如斯，像湖上風起那一點波紋，轉瞬沒了痕跡，波影還留在眼底。

小霜先離開他們，再巡了一回鋪子，出來時法比揚跟柯特前女友已經走了，原先的位子現在坐了兩個年輕女孩，桌上菸灰缸早就躺了一堆菸屁股，口裡也還不斷吞雲吐霧，滿不耐煩地看著錶，顯見在等人。

小霜熄了最後一盞燈，「Eye Candy糖霜」招牌那麗人的如花笑靨，遂沒入黑暗之中，四周溫婉的笑語戲言，像條羽絨被把她包覆著，開幕前的夜裡，她該不至於凍著了。小霜於是轉身把門鎖上。

田子坊巧遇的幾天後，美佳收到一封沒有署名的信，拆開一看，是張照片，影中人就是自己。她想起當天跟小霜、香生都交換了名片，但不需要這個細節，也能猜到寄信人大抵是誰。

「咦，你去過巴黎啊？」法比揚走過來看到了，「照得還不錯，好像有一段時間了，多久以前？」

「什麼意思，看來差那麼多嗎？」她假嗔掩去心裡的不自在，「大學畢業那一年吧。」

他聰明地沒問多年以前的相片，怎麼會無端地冒出來。看信封的字跡，他曉得可以問小霜，但這之間微妙的糾葛，他的直覺是知道愈少愈好；至於小霜提的合作計畫，還得評估值不值得。他愈來愈了解美佳雖然凡事為人設想周到，真有利害當頭的事，未必是吞得下悶虧、忍讓不爭的性格。

他於是笑了笑說，「照得不錯，看來很開心。」

真的很開心。美佳上次回台灣，在一堆陳年舊物裡找出了這些照片，把記憶重新打包封存之前，再溫習了一回；沒有一張裡頭有柯特的影子，更別說合照了，怕的是照片洩漏了玄機，讓家裡知道她不是跟女同學去了巴黎。柯特只跟她要了一張相片，「這張好，把我最喜歡你的樣子，很生動地拍下來了。」就是她現在手上這張。

無須懷疑小霜與柯特的關係。也許就跟她和法比揚一樣，已經住在一起了，所以那日與小霜的重逢，才會牽扯到這舊相片。想必柯特已知道她跟法比揚的事，這是最終的道別。

照片沒有溫度言語，無法確定經手之人的嗔怨悲喜，是體恤、惡意或是漠然，而這些其實也不重要了。不管原先用意為何，這個動作都有它意中與意料之外的慈悲。

滴滴答答的雨聲響起，美佳要拉起窗扉，在窗邊卻又怔住了，就這麼任雨絲飄落，一針一線的沁涼穿過臉頰、頸項。法比揚煮好咖啡，端了過來，「下雨了，怎麼不關窗？」

他到了窗畔拉起窗栓，又放下了，就這麼靜靜地偎在她身後，一起看著法國梧桐縫隙裡透出煙雨迷濛的上海，看到暗下的天色一寸寸剪去梧桐葉稍迷離的光，直到雨絲交織針腳愈形綿密，勢若整匹潑在他們臉上，才伸手把窗帶上。

後記

二〇〇四年我首次到上海，為了即將提交的論文終章，每日埋首上海圖書館做研究，瀏覽四〇年代的報章雜誌。那是張愛玲意氣風發之時，《傳奇》初版問世，書封如作者屬意，夜藍天幕裡透出朦朧的月光，每本封底都有她親手蓋上的私章。我翻開手中這本，封底的印鮮麗如同昨日，邊緣稍微糊了，隔頁拓了些許朱紅；可以感覺到愛玲仔細壓印之後，瞧見印泥太溼，皺了皺眉稍待片刻，再輕輕闔起，她的呼吸還留在薄紙上。

張愛玲書寫的那個老上海已經死了，幽魂還在這個城市漂蕩。在這裡我遇見的外地人比本地人多，全心迎向世博的上海風風火火地建設，像是沒有上限地吸引巨額資金與人力，而那些遺憾自己沒有早一點進場卡位的，莫不急切地湧入，想趕在太遲之前。同樣被這個城市吸引的我，一年一年地回到上海，無所謂太早太遲，是不是恰好都無妨。上海變化得太厲害，留下什麼隻字片語，瞬時便成為過去，永遠趕不上它變遷的速度。我在城市裡反覆行走，感受它的興衰無常，愈發想要為它留下些記憶，為那些隨著黃浦浪潮沉浮的眾生立傳，即使我知道在書成之前，上海已不復我所書寫的上海。

這樣也好。譬如回首自己筆下曾經幽靜寫意的田子坊，不覺莞爾，那個田子坊不消片刻已走入歷史，如今漫步於愈來愈喧囂、愈來愈無趣的田子坊，多麼慶幸我曾經於某個特定的時空，那般悠閒地消磨殘陽的午後，餘溫尚留在文字裡。匯集於上海的各路好漢俗辣的故事，我只追溯到二〇〇八年之交，但我的目光始終沒有離開這城市。與這城市的特殊因緣，容許我記述了世博前後的上海，它的前世今生，走過翻騰歷史的大人物小市民，把玩著小說與散文交纏的虛實，在互為表裡的真實與幻境之間，琢磨我多次進出上海，不斷演繹的視野。

想要捕捉住什麼都是徒勞的，走過留下的痕跡，要煙消雲散，也很快。我在浦東望著江河滾滾而去，覷著了浦西外灘頭瞧不見的浪頭、沙洲、水草。風起了，驅走等不及春逝便蠢蠢欲動的初暑，甚好。

完稿：二〇一二年四月，於上海
修訂：二〇一三年一月，於台北

感謝

伴我凝視小說之初的 Ray 和老年爵士吧
JJ 和 Amy 的上海話、廣東話指導
往來港滬雙城的昭翡、SP 對這小說的關注
亦師亦友的老上海大平先生的支持鼓勵
以及讓我不斷回到上海的 Bro

內容簡介

上海女人從不吃虧，上海，也是。

怎麼男人就是不懂呢？

幾乎無一例外，我們都是從張愛玲開始認識上海，但是，張愛玲筆下的那個老上海已經死了。

這城市變化得太厲害，留下什麼隻字片語，瞬時便成為過去，永遠趕不上它變遷的速度。然而，無論是老上海「十里洋場」的風華絕代，新上海國際化都市的時尚與現代，都讓人們津津樂道。

今日的大上海，外地人比本地人多，國際連鎖店比本地攤商多，新砌的大型購物中心比拆掉的老洋樓更多。即便一樣的新舊融合，一樣的充滿異國情調，那個老月曆牌上風情萬種的上海卻已不復記憶。

走入新的世紀，「上海崛起，滿懷雄心壯志的台商蜂擁入上海，個個紅著眼要分這塊肥肉，但上海灘潮起潮落，得意有人，失意者栽在浪頭下，於浪花四碎飛濺的泡沫裡幻化為呆胞、台勞、台流，於潮汐那一波又一波無情的沖刷裡苟延殘喘。」

嘗過上海甜頭的台商是這麼說的：「到處是機會，遍地是黃金。」百年前吸引男人前進上海的原因，百年後依舊吸引了來自世界各地的英雄好漢。特別是台灣男人在上海，彷彿總帶著點悲壯殉身的味道。

故事從一個在上海做成衣代工的台商開始，「財大氣粗」四個字如影隨形，玩女人或被女人玩，誰也說不準；浪漫天真的法國男人，外派中國，卻耽溺在異鄉的法國梧桐樹影中難以自拔；務實精明的美國男人，將西部拓荒精神在上海商場發揮得淋漓盡致，賭上性命亦在所不惜；夾縫求生的香港男人，猶如港式煲湯般熬著，只為一朝出人頭地；而娶了上海姑娘的台灣姑爺，則是新台灣候鳥家庭的縮影。五個男人，各自做了一段情繫上海的黃粱夢。

台灣出發的林郁庭，被上海這個城市吸引，一年一年地回去，卻更感受它的興衰無常。《上海烈男傳》一書，源起於作者近年來在上海的反覆行走，讓她愈發想為這城市留下記憶，從台灣人的眼睛觀看，就近觀察上海瞬息萬變的現代面貌，輔以橫跨語言、文化與價值觀的寬廣視野，陳述上海做為國際大都市的內外條件，並為那些隨著黃浦浪潮沉浮的眾生立傳。

數十年過去，上海依舊在波濤洶湧的變故中……老上海，新上海，其實都是一種領悟。而織就這片繁華景緻的，始終是人，飽滿的人性才是作者盡情揮灑的墨水。因為文字裡填充了人的靈魂，讓我們在貼近故事裡這座慾望城市時，莫名有一種鄉愁感，這種鄉愁從何而來？從靈魂深處吧。這麼想，我們便可以對閱讀時所感受到的不安與羞赧釋懷了。

作者簡介

林郁庭 Yu-Ting Lin

學歷

二〇〇四　University of California, Berkeley, USA

美國柏克萊加州大學比較文學博士

一九九八　Université de Paris-Sorbonne（Paris IV）, Paris, France

法國巴黎索邦大學博士候選人（Diplôme d'études approfondies）

一九九六　University of California, Berkeley, USA

美國柏克萊加州大學比較文學碩士

一九九三　National Taiwan University, Taipei, Taiwan

台大外文系文學士

二〇〇六

長篇小說《離魂香》入圍第六屆皇冠大眾小說獎，由皇冠出版。

二〇〇七

獲中國時報第二屆人間新人獎，短篇小說〈草莓〉（選自《愛無饜》）刊載於《中國時報・人間副刊》，二〇〇七年十月七日。

二〇〇八

中短篇圖文小說集《愛無饜》，由法國插畫家歐笠嵬（Olivier Ferrieux）繪圖，印刻出版，入圍第三十三屆金鼎獎最佳文學類圖書獎。

二〇一一

散文〈上海之味〉刊載於《皇冠》，二〇一一年一月號第六八三期。

短篇小說〈月明星稀〉刊載於《中國時報・人間副刊》，二〇一一年一月二十四日。

散文〈十里洋場〉刊載於《皇冠》，二〇一一年二月號第六八四期。

散文〈上海淘碟記〉刊載於《皇冠》，二〇一一年三月號第六八五期。

書評〈燦爛而殘酷的大漠〉刊載於《中國時報・開卷週報》，二〇一一年三月二十七日。

影評〈戲夢巴黎始末〉刊載於《中國時報・人間副刊》，二〇一一年四月二十二日。

散文〈文廟淘書〉刊載於《皇冠》，二〇一一年五月號第六八七期。

《三少四壯集》專欄，《中國時報・人間副刊》，二〇一一年五月十八日開始（每週三），以個人旅居歐美、回歸亞洲之生活體驗、文化觀察為題材。

散文〈虹口探秘〉刊載於《皇冠》，二〇一一年七月號第六八九期。

散文〈今日浦東〉刊載於《皇冠》，二〇一一年八月號第六九〇期。

書評〈《最後一封情書》：獻給生命與摯愛的真誠告白〉刊載於《走台步》創刊號，二〇一一年八月。

散文〈從蘇州河到老場坊〉刊載於《皇冠》，二〇一一年九月號第六八一期。

二〇一二

與竹風・鈺書共同發表主題式小說，《吸血鬼小說：嗜血的書寫與影像，林郁庭〈月黑風高〉X竹風・鈺書〈吸血廚師〉》，刊載於《印刻文學生活誌》二〇一二年五月號，第八卷第九期，No. 105。

個人第一本散文隨筆《夢・遊者》，由馬可孛羅出版。

童話〈想變成龍的蚊子〉刊載於香港《明報週刊・日月文學》，二〇一二年十月二十七日，Sheet No. 20, No. 2294。

二〇一三

散文〈杏仁糖之味：呂北克今昔身世之旅〉刊載於香港《陽光時務週刊》，二〇一三年一月十日，Issue 38。

國家圖書館出版品預行編目資料

上海烈男傳／林郁庭著.－初版.－新北市新店區：立緒文化，民 102.6
面；　公分.--（新世紀叢書）

ISBN 978-986-6513-77-0（平裝）

857.7　　　102008948

上海烈男傳

出版——立緒文化事業有限公司（於中華民國 84 年元月由郝碧蓮、鍾惠民創辦）
作者——林郁庭
發行人——郝碧蓮
顧問——鍾惠民

地址——新北市新店區中央六街 62 號 1 樓
電話——(02)22192173
傳真——(02)22194998
E-Mail Address: service@ncp.com.tw
網址：http://www.ncp.com.tw
劃撥帳號——1839142-0 號　立緒文化事業有限公司帳戶
行政院新聞局局版臺業字第 6426 號

總經銷——大和書報圖書股份有限公司
電話——(02)8990-2588　傳真——(02)2290-1658
地址——新北市新莊區五工五路 2 號
排版——伊甸社會福利基金會附設電腦排版
印刷——祥新印刷股份有限公司

本書文字與照片由作者林郁庭女士授權出版

法律顧問——敦旭法律事務所吳展旭律師

分類號碼——857.7
ISBN 978-986-6513-77-0
出版日期——中華民國 102 年 6 月初版　一刷(1～2,500)

定價◎260 元